ベリーズ文庫

冷血硬派な公安警察の庇護欲が激愛に変わるとき～燃え上がる熱情に抗えない～

藍里まめ

STARTS
スターツ出版株式会社

目次

冷血硬派な公安警察の庇護欲が
激愛に変わるとき
～燃え上がる熱情に抗えない～

片想いこじらせ中

真夜中のワンルーム。狭いベッドに彼と背中合わせで横になる。

隣から静かな息遣いが聞こえる。

きっと彼は眠りについたのだろう。

触れ合う背中が熱く感じて、葵《あおい》は密かに鼓動を高まらせた。

（こんなにドキドキしているのは私だけ）

十歳年上の彼と知り合ったのは子供の頃だ。

それからずっと兄妹のような関係が続いている。

今はもう二十六歳の大人になったのに、いつだって子供扱いで心が痛い。

卵形の顔にパッチリ二重。顔の造作は悪くないと思うけど、柔らかさの足りない体が女性として魅力不足なのか。

いや、容姿の問題ではないだろう。

彼の前だと素直になれず、意地を張ったり反抗したり、可愛《かわい》くない態度しか取れないのが関係性を変えられない原因に違いない。

（大和《やまと》さんは睡眠不足が続いていたからすぐ寝られるんだ。ううん、そうじゃなくてもきっと寝る。私を女だと意識してないから。恋人になるなんて夢のまた夢）

起こさないよう気をつけて寝返りを打つ。

肩甲骨付近の引き締まった筋肉の盛り上がりに額をつけ、そっと片腕を回して大きな背中を抱きしめてみた。

（大好き）

心の中で告白したその時、寝ていると思った大和に呼びかけられた。

「葵」

驚きでビクッと体が震え、咄嗟《とっさ》に手を引っ込めようとしたが、手首を握られて阻止された。

「俺は男だぞ。わかっているのか？」

どういうつもりで聞くのかと戸惑いつつも、憎まれ口を叩《たた》く。

「わかってるよ。そっちこそ、私を女だと思っていないくせに」

「思ってる」

「えっ」

「葵は成長して大人の女性になった。もう妹だと思えない」

（本当に……？）

目を見開いたのと同時に、彼が寝返りを打った。

凛々《りり》しい眉の下にあるのは精悍《せいかん》な瞳。

息がかかる距離で視線が交わると、心臓が壊れそうなほど激しく波打った。

＊　＊　＊

十月後半ともなれば日没後の気温はぐっと下がり、カーキ色のマウンテンパーカーを着た葵は冷たい風を切る。

五年ほどの相棒は百二十五ccの白いスクーターで、ふたつ前を走る黒塗りのタクシーを追っていた。

（スクープの匂いがプンプンする！）

タクシーには多野元《たのもと》というスーツ姿の男性が乗っている。

与党に所属する中堅の衆議院議員だ。

葵の仕事はフリーライターで、政治家や官僚など権力者の汚職を記事にしている。

多野元には大手製薬会社から違法献金の噂《うわさ》があり、二か月ほど前から調べて記事にできそうな材料は手に入れていた。

あとは決定的な写真が欲しいので、こうして尾行している。

(今回は当たりでしょ)

今日は金曜で時刻は十八時。

この道をまっすぐ行けば、政治家御用達の料亭がある。

大手製薬会社の役員と並んでいるところをカメラに収められたなら、すぐに記事を仕上げて出版社に持ち込むつもりだ。

気合い十分にアクセルを開けた葵だったが、タクシーは料亭に向かわず横道に入った。

この辺りは庶民向けの飲食店がごちゃごちゃと立ち並んでいて、政治家が密会に使いそうな店はない。

(ハズレ?)

それを予感した時、タクシーがハザードランプをつけて停車した。

降車した多野元が古めかしい外観の喫茶店に入っていく。

少し間を置いてから葵も店の前に愛車を止め、ヘルメットを脱いだ。

肩下までのストレートの焦げ茶色の髪が風に揺れる。

ドアの横の立て看板を見ると、オムライスやハンバーグなど食事メニューも充実していて、洋食屋でもあるようだ。

(ここで賄賂《わいろ》の受け渡しは……ないよね)

多野元の出身大学がこの近くだったと思い出した。

その頃から気に入っていて、今でもたまに食べに来るのではないだろうか。

期待が外れたのはわかっているが、張り切っていた分、完全には諦《あきら》められなかった。

(もしかすると個室があるのかも。念のために入って確認しよう)

メッキの剥《は》げた取っ手を引くと、カランコロンとドアベルが鳴った。

間口は狭いが奥行きがあり、壁際にボックス席が三つ、丸テーブルとカウンター席もある。

チューリップ形の照明やビロード張りの椅子に昭和の趣《おもむき》を感じた。

レトロなインテリアが素敵だと思いつつ店内に視線を巡《めぐ》らせると、すぐに多野元を見つけた。

最奥の四人掛けのボックス席にひとりで座っている。

メニューも開かずに店員に注文していて、やはり馴染《なじ》みの店のようだ。

（ただ食べに来ただけか。残念）

すぐに出ようと思ったが、店内に漂う美味《おい》しそうな香りに空っぽの胃袋が刺激された。

フリーライターの仕事だけでは食べていけず、引っ越し屋や飲食店の接客、イベントスタッフなどの単発のアルバイトもしている。

今日は早朝からのアルバイトをひとつして、昼過ぎから多野元の事務所を見張り、その間にコンビニのおにぎりをひとつしか食べていない。

（節約したいけど、空腹がもう限界）

店内は半分ほどの席が埋まっている。

近づいてきた店員に「お好きな席へどうぞ」と言われたので、多野元の斜め後ろの丸テーブルを選んだ。

写真付きのメニューのエビフライにそそられたが、注文したのは一番安いナポリタン。

料理を待ちながら、ここ二か月ほど毎日のように見ている多野元を眺める。

中肉中背でスーツは紺色が多く、ネクタイはいつも赤。メガネは丸みのあるフレームと角ばったものふたつを使い分けている。

ここからでは顔が見えないが、その面立ちは人がよさそうで、密かに私腹を肥やしているようには思えない。

（いい人ぶって陰で悪事を企む。そういう人が一番嫌い。今日は空振りしたけど、絶対に逃がさないから）

筆で権力者の闇を暴く――それが葵なりの正義だ。

子供の頃は友達が意地悪をされると上級生相手でも食ってかかり、迷子の幼児の家を探して自分まで道に迷ったこともある。

正義感の強さは、警察官だった父親譲りだろう。

その父は葵が十三歳の時に、凶悪犯に銃撃されて殉職《じゅんしょく》した。

母は葵が物心つかない頃に病死しているので、家族は祖母だけになってしまったのだが、その祖母も今は他界して天涯孤独である。

自身の境遇を仕方ないものとして受け入れていても、ひとつだけ今も納得していない出来事があった。

あれは忘れもしない十三年前の、父の葬儀でのことだ。

家族での葬儀に警視庁の高い階級の人たちが参列し、涙が止まらない葵に声をかけてくれた。

『君のお父さんは英雄だ』

『お父さんはとても立派だったんだから、胸を張って』

慰めようとしてくれているのはわかったが、父の死を喜べと言われた気がして余計に悲しかった記憶がある。

気分が悪くなった葵はいったん控室に下がって横になり、開式のアナウンスを聞いて急いで式場に戻ろうとした。

その時に廊下の隅で、部下とひそひそと話している警視総監を見かけた。

『まったくこの忙しい時期に』

『総監は警察葬だけのご参列でよろしかったのでは？』

『そういうわけにいくまい。持ち上げておかないと、あとから面倒なことを言ってくる遺族もいるからな。それにしても検挙中に銃撃されるとは呆《あき》れる。すぐに捕縛できたならまだわかるが三時間後だ。高野《たかの》の殉職は犬死に以外のなにものでもない』

聞いてしまった警察上層部の本音に強い衝撃を受けた。

あの時の悲しみと悔しさは何年経《た》っても忘れられない。

それまで葵の夢は父と同じ警察官になることだったのだが、犬死になどとひどい発言をした上官の下では働きたくないと思い、別の道で正義を模索した結果、今の職業に至る。

しかし警察が嫌いなわけではない。

警察組織全体に対して不信感を抱かずにすんだのは、葬儀の時にひとりだけ申し訳なかったと葵に謝って、父の死を悼《いた》んでくれた刑事がいたからだ。

今は警視正の階級まで上り、活躍中のその人は——。

「お待たせしました、ナポリタンです」

夕焼け色のスパゲティの麺に、ピーマンの緑とウィンナーの赤が映える。

シンプルだが湯気立つナポリタンはとても美味しそうで、正義感についてはいったん頭の隅に寄せ、フォークに麺を絡ませた。

（んっ、美味しすぎる！）

夢中で半分ほどを食べた時、「あっ」と驚いているような声がした。

奥のお手洗いから出てきた様子の若い女性が口に片手を当て、多野元の横で足を止めている。

出来立てのオムライスを口にしていた多野元も、女性に気づいて驚いていた。

「あなたは先日の——」

「はい。本屋ではぶつかってすみませんでした。その前は道端でも。同じ週に三回も会うなんてびっくりしました」

「僕もです。この店にはよく来るんですか？」

「たまに。近くに私の通う大学があるので」

「それじゃ僕の後輩だ。いやー、偶然が重なって嬉《うれ》しいな」

気になった葵は、フォークを口に運びながらチラチラとふたりを見ていた。

（なにこの恋愛シミュレーションゲームみたいな展開は）

女性はスタイルがよく、きれいな長い黒髪を下ろしている。

目鼻立ちの整ったかなりの美人だ。

大人っぽいが、大学生というから二十歳前後なのだろう。

清楚なワンピース姿でも、色気があふれているようなハイレベルの美女だった。

昔の大学の話に興味があると言った彼女を、多野元が同じテーブルに誘っている。

「私はコーヒーだけなんです。お食事中なのに、ご迷惑ではありませんか？」

「とんでもない。ひとりは寂しいと思っていたところだったので。よかったら、あなたもなにか食べませんか？　ご馳走しますよ」

美女と一緒に食事ができる状況に、多野元は舞い上がっているようだ。

（まさか恋が始まらないよね？）

多野元には妻子がいるので、交際関係に発展すれば不貞になる。

それはお茶の間が好きそうな話題で、ライターとしても収益に繋《つな》がりそうだが、葵のポリシーに反するので記事にする気はない。

不倫を暴いても誰も幸せにならないからだ。

（いや、ないでしょ。二十歳以上離れてそうなのに。それとも、おじさん好き？　最初から政治家だと知っていて、お金目当てに近づいていたりして）

向かい合って座ったふたりは楽しそうに会話を弾ませている。

欲しかったスクープではないので、興味を失った葵はナポリタンに視線を戻した。

その時、ポケットの中で携帯が震え、急いで取り出すと待ちわびていた連絡だった。

【急で悪いが、明日の夜はどうだ？】

知り合いからの食事の誘いにたちまち笑顔になり、胸が躍る。

土曜の夜は接待などの動きがあるかもしれないので多野元を見張った方がいいのはわかっている。

それでもすぐに了承する旨の返事をした。

十年ほど胸に秘めている恋心が、誘いを断らせてくれなかったのだ。

翌日の十八時過ぎ。

葵は愛車を走らせ、恵比寿《えびす》にある寿司屋に向かっている。

（結局、いつもの服にしちゃった。度胸がないな）

マウンテンパーカーの下は着慣れたニットと、茶系のストレートパンツ。

フェミニンなワンピースをかなり前に買ったのだが、いまだ活用された試しはない。

（私が女っぽい恰好をしたらきっと驚く。『どうした？』と聞かれたら、返事に困るもの）

これから会う男性とは月に一度、ふたりで食事をしているが、デートではない。

完全に葵の片想いで、異性として見られていないのは百も承知だ。

近くのパーキングにスクーターを止めて三分ほど歩くと、待ち合わせている寿司屋に着いた。

商業ビルの一階に入っている名店で、葵の少ない稼ぎでは厳しい値段設定だが、この毎月の食事会では相手が必ずご馳走してくれる。

引き戸を開けると、「いらっしゃい」と威勢のいい声がした。

「加賀見《かがみ》さん、先に着いてますよ」

彼と食事をする際はこの店が多いので、すっかり常連客である。

ねじり鉢巻きの店主が奥の通路を指さし、会釈した葵はカウンターとテーブル席が並んだ店内を進んだ。

小上がりの座敷が四つ並んでいて、手前の襖が半分開いている。

座卓に向かっている男性と視線が合った。

加賀見大和。葵より十歳年上の三十六歳で、頼りがいのありそうな落ち着いた雰囲気をまとっている。

日本トップの国立大学を卒業後に警視庁に入り、刑事部で数年勤めてから所轄の警察署長を経験し、四年前に古巣に戻ったそうだ。

現在の階級は警視正で、キャリア組のため出世が早い。

「葵」

心に響くようなバリトンボイスで名前を呼ばれた。

たったそれだけで鼓動が跳ねたが、平静を装って片手を上げ座敷に上がる。

(嬉しそうな顔をしたら、気持ちに気づかれそう)

座椅子に向かい合って座ると、わざと興味の薄そうな顔で問いかける。

「大和さん、今日は仕事なかったの?」

「三十分前まで庁舎にいた」

刑事という仕事柄、警察官の制服ではなく私服のスーツで勤務しているようだ。今もワイシャツにスラックス姿で、ジャケットは無造作にたたんで畳の上にある。

「忙しそうだね。おつかれさま」

「ああ」

目を細めて微笑され、ときめきが加速して困る。

ひと言で表現するなら、彼は素敵だ。

張りのある前髪が斜めに額にかかり、その下には凛々しい眉と精悍な瞳。

顔立ちは恐ろしいほど整っていて刑事ドラマの主役になれそうな美形だが、俳優には出せない本物の風格がある。

眉目秀麗《びもくしゅうれい》、頭脳明晰、将来性抜群の彼に惹《ひ》かれる女性は多いと想像している。

恋人がいるのかどうかも含め女性関係は知らないけれど、きれいな女性たちが日々、彼にモーションをかけているのではないかとハラハラしていた。

葵も大和に恋する女性のひとりではあるが、彼への想いはそんな浅いものではない。

父の葬儀の時に唯一、謝罪してくれたのが大和だ。

当時、彼は入庁して二年目の警部補で、葵の父に仕事を教わりながら殺人事件を捜査していた。

その犯人をいよいよ検挙しようという時、想定外の事態に見舞われた。

犯人が拳銃を所持していたのだ。

拳銃を向けられたので、大和も銃を抜く。

人に対しての発砲はそれが初めてで、一瞬、躊躇《ちゅうちょ》してしまったそうだ。

『あの時、犯人より先に自分が引き金を引いていれば……』

葵の父は死なずにすんだだろうと、悔恨《かいこん》の表情で彼は語った。

まだ十三歳だった葵に対し、すべてを打ち明けて謝罪してくれたのは彼だけだ。

ごまかしの説明や殉職を賞賛するような言葉、その陰で犬死になどと話す幹部より、よほど誠実で信頼できた。

きっとその時から、大和の人柄に惹かれている。

この人は味方だと感じ、絶望の中で光を見た心地がしたのをよく覚えている。

それがはっきりとした恋愛感情に変わったのは二年ほどあとのことだ。

「お前はなにしてた？」

あぐらを組み直した彼に、今日一日の過ごし方を問われた。

興味を持ってもらえて嬉しいが、顔に出さずに素っ気ない返しをする。

「いつも通り」

「具体的には？」

「そういうのはいいよ。心配されるような出来事はなかったから。ねぇ、お腹空いた。注文はすんでる？」

十歳年上の他人である大和に生意気な口を利けるのは、十三年間の浅くない付き合いの賜物《たまもの》だ。

父を亡くし、高齢の祖母とふたり暮らしになった葵を、彼は親身になって支えてくれた。

フルーツやケーキなどを手土産に月に何度も家に来てくれて、重たいものの買い物に付き合ってくれたり、電球を替えてくれたり、映画や海に連れていってくれたこともある。

祖母が倒れて入院した時は駆けつけてくれて、泣きじゃくる葵のそばにいてくれた。

親身になってくれるのは、おそらく父への贖罪の気持ちからだろう。

けれども向けられる眼差しはいつも温かくて、大事にされていると実感していた。

そんな彼を頼りにし、兄のように慕っていた葵だったが、中学三年生の時に気持ちの変化があった。

その日、勤務後に家に来て葵の受験勉強をみてくれていた大和が、急にカクッと首を垂れた。

連日、重大事件の捜査に追われていたようなので、相当疲れていたのだろう。気絶するように寝てしまったのだ。

声をかけて体を揺さぶると彼もなんとか薄目を開けてくれたが、立ち上がれずに真横にあったベッドに倒れ込んだ。

そのまま深い眠りに入った彼をもう起こすことはできず、夜も遅い時間なので葵は隣に布団を敷いて寝ようとした。

すると祖母に止められた。

『加賀見さんはいい人だよ。でもね、男女のことだから万が一を考えないと。今夜はおばあちゃんの部屋で寝なさい』

一瞬きょとんとしたが、祖母が言わんとしている意味がわかると激しく動揺した。

それ以降、大和を兄とは思えず異性として意識するようになり、向けてくれる優しさにいちいち胸を高鳴らせているうちに気づけば好きになっていた。

そうなると彼の訪問を素直に喜べなくなってしまった。

本当の妹のように親身になられると悲しくなって反抗し、優しくされると嬉しい反面、恥ずかしさやひとりの女性として見られていない虚《むな》しさを感じる。

『そこまでしてくれなくていい。もう子供じゃないから』

可愛くない言い方で彼の優しさを突っぱねたことは数知れない。

葵の変化に最初は戸惑っていた彼も、今ではいつものことだと気にしないようになり、それもまた悲しかった。

「大将のお任せで頼んである」

大将のお任せはコース料理で、一人前二万円からとメニューに書いてある。

葵との食事で彼が金額に上限をつけたことはない。

(ご馳走になってばかりで悪いと思ってる。私はなにもしてあげられないのに)

大和にプレゼントをしたことが一度だけある。

それは彼に恋をする前の十四歳の時で、日頃の感謝の意味を込めて誕生日プレゼントを買おうと思った。

けれどもお小遣いの範囲内で彼が喜びそうなものを買えず、お金のかからないプレゼントをインターネットで検索して見つけたのが〝添い寝〟だった。

今考えるととんでもないが、純粋だった当時は〝添い寝で癒《い》やしをプレゼント〟という怪しい情報を信じてしまったのだ。

それで五枚つづりの添い寝券を贈った結果、大和を驚かせ、かなり心配させる結果となった。

『中学校でこういうのが流行《はや》っているのか？　まさか男子生徒に気軽に配っているんじゃないだろうな』

二度と作らないように叱られて以降、彼の誕生日にはお祝いのメッセージを送信するだけにしている。今なら洋服くらいはプレゼントできるのに、『金で買えるものはいらない』と言われてしまうからだ。

今日も彼は値段の高いコース料理を注文してくれた。

心の底から申し訳ないと思うが、素直にお礼は言えず、ひねくれた遠慮の仕方をする。

「私の分は並み寿司にしてって、この前言ったのに。お任せだと量が多くて太りそう」

「体重を気にするような体形じゃないだろ。最近、痩せたんじゃないか？　三食、しっかり食べているのか？」

百五十五センチ四十六キロなので、標準の範囲内だ。

それでも心配して、ここ三日間の食事の詳細を聞いてきた彼に真顔で黙る。

(昔ほどじゃないけど過保護だよね。私が二十六歳なの、わかってる？)

出会った頃の十三歳のイメージをずっと引きずっているのではないかと思う時もあ

る。

（このままずっと妹のポジションから抜け出せないの？）

もし恋心を打ち明けたらどうなるか——考えただけでつらい。

好きにさせて悪かったと謝られ、これ以上そばにいてはいけないと距離を置かれそうな気がするからだ。

会えなくなるくらいならこのままでいい。

恋心は一生、隠し通そうと思う一方で、いつか妹ポジションから抜け出せたらいいのにという気持ちもあり、乙女心は複雑だ。

彼の過剰な心配にため息をついてみせると、凛々しい眉がハの字に下がった。

「いつになったら反抗期が終わるんだ」

（人の気も知らないで）

「素直じゃなくてごめんね。きっと一生、反抗期。大和さんは私といても楽しくないでしょ。一緒に食事をしてくれる女性は他にいないの？」

（しまった！）

大和なら恋人がいて当然だろう。そう思うからこそ交際相手についての質問は避けてきたのに、うっかり聞いてしまって慌てた。

「ごめん。変なこと聞いて」

彼の方は意外そうな目をしている。

「いや、構わないが。ただ、お前がそういう質問をしてくると思わなかった」

「勢いで聞いただけなの。答えたくなかったら答えなくていいよ」

焦りで声が上ずる。

（お願い、言わないで！）

こっちは内心大慌てで鼓動が爆音を響かせているというのに、彼は余裕がありそうな顔でフッと笑った。

「いない。食事に誘っているのは葵だけだ」

「うそっ、どうして⁉」

「興味がない。時間の無駄だろ」

「えっ……三十六歳の健全な男性の台詞《せりふ》じゃないよ」

呆れ顔をしてみせたが、内心では万歳三唱だ。

（よかったー！）

恋愛に興味がないなら、彼は一生誰のものにもならない。

失恋しないですむと思うと視界が明るくなるような気がした。

テーブルの下で拳《こぶし》を握りしめていると、じっと探るように見られ、真顔で聞き返される。

「お前はどうなんだ？」

「私？」

「どうせ俺と同じだろ」

「どうせってなによ。私は——」

「仕事ばかりで、男に興味がないんだろ？」

決めつけられたのは不満だが、違うと言えずに頷《うなず》いた。

（あなたが好きですって、言えるか！）

忙しく心を乱していると、料理が運ばれてきた。

昆布締めの鯛《たい》にウニソースがかかったものと大きな生牡蠣が前菜で、アワビの柔らか煮に魚介と野菜の天ぷら、旬のサンマと松茸の焼きもの、豪華な握り寿司と続く。

「最高！　美味しすぎる」

普段は質素な食生活なので、ひと月ぶりのご馳走《ちそう》に舌が大喜びしている。

「月に一度のこの日があるから、なかなかスクープが手に入らなくても頑張れる。大和さん、いつも誘ってくれてありがとう」

先ほど太りたくないと言ったのを忘れるほど料理に夢中になり、本心が口をついて出たのに気づいていなかった。

大和の目が嬉しそうに弧を描く。

「うまいものを食べている時の葵はいい顔をするよな」

「いい顔？」

「笑顔が可愛い」

一切の照れなくサラッと答えた彼は、シャリが見えないほど大きくてプリプリなボタン海老の握りをひとつ、葵の皿に移した。

「海老が好きだろ？　やる」

「あ、ありがとう」

（今、可愛いって言った？）

久しぶりに聞いた褒め言葉に、顔に熱が集中する。

中学生の頃の葵は服を新調したり美容室で髪を切ったりした時に、見てもらいたくて大和に連絡した。今思うと迷惑な呼び出しで、非常に申し訳ない。

けれども彼はどんなに忙しくても三日以内には必ず会いに来て、目を細めて可愛いと褒めてくれた。くだらない用事で呼び出すなとは絶対に言わなかったのだ。

彼の優しさに素直に甘えられたあの頃の、喜びと照れくささが蘇《よみがえ》る。

(今でも可愛いと思ってくれてるの?)

微笑した彼がじっと見つめてくるから、さらに顔が火照《ほて》る。

心を読まれては困るので、湯呑《ゆのみ》のお茶を飲んでごまかそうとした。

「今日のお茶、結構熱めだね」

葵は酒を飲まない。

愛車で移動することが多く、美味しいとも思わないからだ。

それに合わせてくれるかのように大和もいつも酒を注文しないが、緊急呼び出しに対応できるようにするためだと以前、言っていた。

同じ緑茶を口にした彼に「そうか?」と首を傾げられたので、急いで話題を変える。

「今度、引っ越そうと思って」

今は警視庁の庁舎から徒歩十五分ほどのマンションでひとり暮らしをしている。

父と祖母と三人で暮らしていた時のまま住み続けているのだが、家賃が葵の稼ぎに見合わない。

殉職警察官の遺族には国からまとまった金額が支払われるので、子供の頃の生活や学費は困らなかった。

しかし祖母が病を患い、治療費や介護費用にあてたためかなり減り、今も足りない分の生活費をそこから出しているので底をつく日は近い。

家族の思い出が詰まった住まいと別れるのはつらいが、引っ越さなければならない時期に来ていた。

(私の収入が増えれば問題ないけど、なかなか難しい)

なるべく軽い口調で、これから物件を探すところだと話した。

本当は引っ越したくないという気持ちが伝わってしまえば、過保護な彼のことだから、今の住まいの家賃援助をすると言い出しかねない。

本当の兄妹ではないのに、そこまで甘えてはいけない。

「今度はワンルームの家にする予定。ひとり暮らしにちょうどいい広さがいいと思って」

もらったボタン海老の握りを頬張り、幸せ顔をしてみせたが、大和の眉間には軽く皺《しわ》が寄っていた。

「金がないのか?」

「あるよ。生活に困らないくらいは稼いでいるから大丈夫。引っ越し理由は広い家の掃除が大変だからで――」

「俺に嘘《うそ》は通用しない。困っているなら早く言え。俺が家賃を出す」

「それはダメ」

絶対に援助を受けない気持ちできっぱりと断り、重ねて言う。

「身の丈にあった家に住むのは当たり前でしょ。誰だってそうしてる。今まで散々お世話になっておきながら偉そうなことは言えないけど、あまり私を甘やかさないで。私は大和さんの妹じゃないいんだから」

過剰な心配に対し、『妹じゃない』と言えば彼が反論できなくなるのはわかっていた。

案の定、もどかしそうな目をして押し黙り、数秒して「わかった」と嘆息した。

「ただし、ひとりで転居先を決めるな。治安のいい街でセキュリティの高い物件でないと許さない。俺が最終判断するから、勝手に契約するなよ」

「そういう物件は家賃が高いから無理」

「安定した収入を得られる仕事に変えればいい。そうすれば安全な家に住める」

「まだ、それを言うの？」

父の殉職で警察幹部に失望し、警察官になる夢を諦めたが、正義感は大切にしたい。

それならどんな職業に就こうかと考えていた頃、とある事件を追ったルポルタージュに出会った。その本は大物政治家と企業の癒着を暴く内容で、葵の正義感にピタリとはまった。

自分もそういう記事が書きたいと思い、高校卒業後は調査報道記者養成コースのある専門学校への進学を希望した。

きっと大和なら応援してくれる——そう思って報告すると、予想外の反対にあった。犯罪者を追うような取材は危険で、その道で食べていける成功者は少ないという理由からだ。

大和の心配はわかったが、頭ごなしに『許さない』などと言われては、かえって頑なになる。

説得しようとする彼に『妹じゃないんだから口出ししないで』とぶつかって、なんとか納得させたのだ。

その時のことも思い出し、強気な視線をぶつけると、困り顔をされた。

「心配なんだよ。なにかがあってからじゃ遅いんだ。今頃、危険な取材をしているんじゃないかと、仕事中もお前の顔がチラつく」

会うのは毎月の食事会と葵の誕生日や父の命日、クリスマスなどのイベントくらいだが、週に一度のペースで、変わりないかと問う電話やメッセージがくる。

嬉しい反面、大人扱いされていない気がして悔しくもあったけれど、仕事中まで考えてくれているのだと知ると顔が熱くなる。

(大和さんの一番大切な女性は私かも。なんちゃって)

異性としてではないとわかっているので、うぬぼれではない。

それでもくすぐったく、喜んでいるのがバレないよう、握り寿司の最後の一貫に醤油《しょうゆ》をつけながら口を尖《とが》らせた。

「危ないことはなにもないから。そういう場面に遭遇できないからスクープも取れずにいるの」

「本当か？　お前は仕事について話してくれないから、なにを隠しているのかと余計な想像をする」

別に隠しているわけではなく、胸を張って報告できる成果がないので話せないだけだ。

正面から問いただすような目で見られ、仕方なく多野元について教える。

調べた結果、違法献金を受け取っている可能性が高いとわかり、贈賄側の企業との接触をカメラに収めるために日々尾行しているという話だ。

「昨日は夕方にタクシーに乗って料亭の方へ向かったから期待したのに、ハズレだった。喫茶店で普通に食事していて、そうしたら美女が現れて『偶然ですね』だって」

たしか、その週で三度目の偶然だと言っていた。

嬉しそうだった多野元を思い出し、「不倫のスクープはいらないのに」と愚痴をこぼした。

「どんな美女だ？」

「大和さんまで食いつくの？ さっきは女性に興味がないようなこと言ってたのに」

「からかわなくていいから、その女の特徴を教えろ」

嫉妬したからつっこんだのだが。

「近くの大学生だと言ってたから、二十歳前後？ すごく大人っぽくて色気があった。長い黒髪でスラッとして、男性が放っておきそうにないタイプ。それなのに自分から多野元に接近している感じがした。多野元は四十六歳だよ。見た目もしっかりおじさんなのに」

半分、独り言のように「おじさん好きな美女もいるんだね」と付け足すと、大和の目つきが険しくなった。

「あっ、おじさんを馬鹿にしてるわけじゃないよ。好みはひとそれぞれだと思っただけ。それに大和さんは大丈夫。いくつになっても美女が寄ってくる見た目だと思うよ」

気に障ったのかと思い、フォローのつもりで言ったのだが、そんなことはどうでもいいと言いたげにスルーされ、彼の声が低くなる。

「その女の日本語は、流暢《りゅうちょう》だったか？」

「え？　言われてみると、少しイントネーションに違和感があったかも。アジア系の留学生？」

「これ以上、多野元を尾行するな。危険だ」

「どうして？」

「いいから、言うことを聞け」

こちらは当たり障りのない話をしているつもりでも、時々彼の顔つきが厳しくなり、刑事の雰囲気を醸す。

他の女性なら怯《ひる》むかもしれないが、十三年間彼を見てきているので葵は少しも怖くない。それどころか魅力に感じてゾクゾクし、密かに鼓動を高まらせた。

(刑事の顔をする大和さんも好き)

けれども恋心と従順さは別物で、もう少しで記事にできそうなところまで来たのにと反論した。

「やっぱり言わなければよかった。私の仕事、絶対に認めてくれないよね」

「そういう意味で止めたんじゃない」

「だったらどんな意味なの？　もしかして、私の情報を使って多野元の逮捕を考えてる？　手柄を横取りされたら困るよ。お願いだから、逮捕は記事のあとにして」

「贈収賄の事実があるなら、二課がとっくに動いてる」

二課とは警視庁刑事部の捜査二課のことで、贈収賄や詐欺、横領など、経済犯罪や企業犯罪を担務している。

大和の指摘に目を見開いた。

「それって……私が買った情報がガセってこと？」

もしそうなら、この二か月間の苦労が水の泡だ。

「さぁな、二課の捜査対象は知らない」

（なんだ。よかった……ん？）

「大和さんって刑事部でどんな仕事をしてるの？」

四年前に古巣に戻ったと言われたので、刑事部に所属しているはずだ。

指揮する立場の警視正なのだから、刑事部全体の情報を把握していると思い込んでいたが、違うのだろうか。

「警視正も一課とか二課とか、課に所属しているの？　古巣に戻ったということは捜査一課？」

昔から彼は仕事についてあまり話してくれないが、四年前からその傾向が強まったように思う。警視正に昇進した話も、顔見知りの彼の同期の警察官から聞いた。

矢継ぎ早に疑問をぶつけたが、やはりと言うべきか今も適当にはぐらかされる。

「どこでもいいだろ」

(所属ぐらい教えてくれてもいいじゃない)

信用されていないのか、それとも軽視されているのか。

教えてもいいと思えるほどの存在ではないと言われた気がして、胸が痛んだ。

(一番大切な女性だなんて、思い上がりもいいところだった)

落ち込んでいるのが伝わらないよう、襖に顔を向ける。

「デザートはまだかな」

コース料理は、次に出されるデザートで終わりだ。

なにか特別なことがない限り、大和に会えるのはひと月後である。

「ここの和菓子、美味しいんだよね。なんでも作れる大将を尊敬する」

寂しさを紛らわせるためにデザートに期待を膨らませようとすると、カシャッとシャッター音がした。

「あっ、また撮ってる」

大和が携帯電話のレンズをこちらに向け、ニッと口角を上げている。

会うたびに彼は葵を撮る。

子供の頃はカメラを向けられると笑顔でポーズを作ったが、高校生になってからは恥ずかしいから拒否しているのに、こうやって隙をつくように撮られる。

「なんで撮るの？」

「単なる成長記録だ。気にするな」

「もう成長しきった大人なんだけど。せめて撮る前にひと声かけて」

「言ったら、快く撮らせてくれるのか？」

「撮られたくない時もあるとは思うけど、それでも言ってよ。気を抜いた顔で写りたくない。絶対に変な顔をしてるもの」

(好きな人の携帯メモリーに自分の変な顔を残したくないでしょ。この気持ち、わからない？)

恋する乙女心が伝わっても困るのだが。

しかめ面を向けると、携帯を下ろした彼が目を細めた。

「どんな表情でも、葵は可愛い」

「えっ……」

可愛いと言われたのは今日二度目で、またしても顔が熱くなる。

なんのご褒美かと鼓動を高まらせ、しかし子供に対して言うような気持ちなのだろうと思えば喜んではいけない気もした。

恥ずかしさに顔を逸らした時、彼が別の携帯を取り出した。

おそらく仕事用のものと思われ、その場で電話に出る。

「加賀見です――了解」

それだけ言って電話を切ると、眉尻を下げた。

「すまないが、俺の分のデザートも食べてくれないか？」

「緊急の仕事？」

「ああ。すまないな」

もう少し一緒にいたかったが、彼の職業の特殊性は理解している。

亡き父もかつては急な呼び出しで出動することがあった。

小さな子供だった頃は泣いたり拗《す》ねたりしたけれど、今は大人なので寂しさを隠して作り笑顔を向けられる。

「今日はありがとう。またね」

「ああ。これ、タクシー代」

座卓に置かれたのは一万円札で、葵は首を横に振った。

「愛車で来たから」

「夜道の運転は危ない。タクシーで帰れ」

そういえばスクーターを買うと言った時も、二輪車で事故に遭えば大怪我をするからと反対されたのを思い出した。

(過保護。いらないと言ってもどうせ聞いてくれないだろうし、生活費に使わせてもらおう)

スーツのジャケットを片手に立ち上がった大和が、襖を開けて出ていく前に顔だけ振り向いた。

「引っ越し先の候補は、リンクを送信してくれ。もう一度言うが、俺の許可なく契約するなよ」

(過保護すぎ。いい加減に大人の女性として見てくれないかな)

彼の恋愛対象には永遠に入れない気がして、悔しくなる。

大和の広い背を見送りながら鼻の付け根に皺を寄せ、相談せずに引っ越そうと考えていた。

十一月に入り数日が過ぎた日の午後、葵は不動産屋に寄ってから友人の自宅を訪ねた。

とはいっても、遊びに来たわけではない。

広めのワンルームマンションの部屋には会社のミーティング室にあるような大きな楕円のテーブルが真ん中に置かれ、デスクトップパソコンやノートパソコン、プリンターなどがのっていた。

フローリングの床は配線でごちゃごちゃしている。

キッチンと簡易ベッドがあるので生活感はあるが、テレビも飾り物もなく、窓に下がるのは無機質なブラインドで、家というより職場といった雰囲気だ。

テーブルを挟んで友人と向かい合って座り、まずは文句を言わせてもらう。

「沢《さわ》ちゃん、この前買った多野元のネタ、雲行きが怪しくなってきたんだけど」

沢成美《なるみ》。彼女は専門学校時代に仲良くしていた友人で同じ歳だ。

卒業後は彼女もフリーライターをしていたが、儲からないと早々に見切りをつけ、今はライター相手の情報屋をしている。

子供の頃から自宅にこもってパソコンで遊んでいたため、インターネットを駆使しての情報収集が得意らしい。

葵が追っている多野元の汚職疑惑は沢から買った情報で、調査を始めて二か月半も経つのに決定的な場面に遭遇できずにいる。

十日ほど前の大和との食事会で『贈収賄の事実があるなら、二課がとっくに動いてる』と言われたのもあって、政治資金の収支報告書などを調べ直してみたところ、怪しいと思っていたことが勘違いだったとわかった。

完全に白とは言えないが、贈収賄の噂の信憑性《しんぴょうせい》が薄れたので、沢に苦情を言いに来たのである。

ふたりの前には同じ銘柄のペットボトル飲料が置かれている。

葵が手土産に持参したもので、葵はカフェオレ、沢はブラックコーヒーだ。

それを飲みながら沢が口元だけで笑った。

いや、目も笑っているのかもしれないが、前髪が長すぎて見えない。

体形はほっそりとして、透き通りそうなほど色が白く、大和ではないが、ちゃんと三食食べているのか心配になる。

「〝梅〟だよって、売る時に言ったよね」

沢が売るネタは、信憑性や注目度などで三つにランク分けされている。それが〝松竹梅〟で、梅は五万円。葵の少ない稼ぎでは梅が精一杯だった。

「そうだけど……」

「他の政治家の汚職ネタもあるよ。そっちは松。まず間違いない」

「三十万も払えない」

葵としては友達価格で売ってほしいところだが、沢いわく、ずっといい関係でいたい相手だからこそ一円もまけないらしい。

グイッとカフェオレを飲んでため息をつくと、沢が軽い口調で言う。

「まだ落ち込むのは早いよ。多野元の件は梅の中でも信憑性は高い方。もう少し追ってみな。きっとなにかあるから」

多野元を尾行しなければならない今はアルバイトをあまり入れられないので、ますます家計が苦しい状況だ。

無駄なことに時間を割きたくないのだが、沢がそう言うならもう少し粘ろうかと考え直す。

すると沢が横にあるパソコンのキーボードに右手を伸ばした。

葵からは見えないが、画面に視線を動かしている沢が口角を上げた。

「多野元の所属会派がよく利用するホテルがある。三階の割烹料理店と最上階のレストランは密談に最適な個室アリ。しかもマスコミ対策でスタッフ専用の出入口を使わせてくれるらしい。知りたい？」

「教えて！」

「スクープネタってわけじゃないから、五千円でいいよ」

「えっ、ホテル名だけなのにお金取るの？」

「当然」

しぶしぶ財布から五千円を出して支払い、教えてもらったホテルの名前を携帯で検索する。

（あっ、このホテルの方角って……）

二か月ほど前の土曜日、タクシーに乗った多野元を追ったが、途中で急にUターンされて横道に入り、巻かれてしまったことがあった。

尾行に気づかれる前まで走っていた幹線道路をまっすぐ行けば、このホテルの近くに出る。

夢中で調べていると、頬杖をついた沢に前髪の奥からじっと見られる。

「私から情報を買って調べて記事にしても、大した収入にならないよね。生活、大丈夫？」

「なんとか……」

最初にスクープを発信できれば結構な収入になるが、今のところ同業者に先を越されてばかりで後追い記事しか出せずにいる。

収入より経費が上回る時も珍しくなく、本業と言っていいのかわからない状況だ。

正義感から始めた職業だが金銭的に余裕がないのは苦しく、正直に言うと半分は意地で続けている。いつまでも子供扱いをやめてくれない大和が、今でもこの職業に反対しているからだ。

この道で成功し、大人になったと彼に言われたかった。

「前の職場に戻れば？　人員不足だから再雇用してもいいと連絡来たんでしょ？」

葵は専門学校を卒業したあと、一度就職している。

大手出版社の雑誌編集部に記者として雇われたのだが、入社三か月で辞職した。

芸能人を尾行して不倫の記事を書くよう言われたからだ。

「罪のない人を不幸にする記事は書けないよ。そんなことするくらいなら貧しいままでいい」

強がりを言うと、沢が口角を上げた。

「葵のまっすぐなとこ、好きだよ。気持ちいい。でも、お金はあった方がいい」

「それはそうだけど」

「例の警視正を頼れば？」

「へっ？」

突然、大和の話になって変な声が出た。

「過保護すぎて困るほど愛されているんでしょ？　養ってもらえばいいじゃない」

「合ってるのは前半だけ。妹のようにしか見てくれないから。完全に私の片想いで――あっ」

七年ほどの付き合いの沢には大和との関係を話しているが、恥ずかしいので恋心は打ち明けていなかった。

それをうっかり暴露して慌てたが、なにを今さらと言いたげな顔をされる。

「とっくに知ってるよ」

「なんで⁉」

「彼の話をする時の葵はいつもと違う。わざと迷惑そうにしたり適当な言い方をしたり、わかりやすいくらいに顔にも出てる。よく相手にバレないね」

浮かれて恋バナができる性格ではない。

大和の話題を出す際は恋愛相談だと思われないよう気をつけていたのだが、沢の目にはそれがかえっておかしく見えたようだ。

もしかして大和にも気づかれているのではないかとヒヤリとしたが、この前の寿司屋での態度を思い出し、それはないと安心した。

「私の気持ち、大和さんには伝わらないよ。万年反抗期だと思われてるもの。十歳も離れてると、いつまでも子供扱いだよ。私も今の関係を壊したくないから別にいいけど」

「恋人になりたくないの？」

「どうやったってなれない」

「告白してみれば？　顔は可愛いんだから、あとは素直になればいける気がする」

卵形の顔にパッチリ二重。沢ほどではないが色は白い方で、ややアヒル口。

同学年の男子に興味はなかったが、中高生の頃は可愛いと言われてクラスメイト数人に告白された。

女優やアイドルほどの容姿ではないけれど、悪くないとは自分でも思っている。

しかし大和の前ではなんの役にも立たないだろう。

彼自身がたぐいまれなる美貌の持ち主だからだ。

「無理」

「言うのが恥ずかしいなら、迫ればいい」

「せまっ……？　もっと無理。大和さんのことはいいよ。とっくの昔に諦めてるから」

恋愛相談をする気はない。

さっさと話を終わらせようとしたら、沢に指先を向けられた。

「その服、初めて見る。葵っぽくないね」

着ているのはフェミニンなワンピースだ。

買ったはいいが、恥ずかしくて大和との食事会で着られずにいた服である。

そこそこいい値段だったのに、このままではタンスの肥やしになると思い、今日初めて着て外出した。

「変？」

「可愛い。似合ってるし、新鮮。で、その服、本当は誰に見せたくて買ったの？」

ニッと口角を上げた沢に、わかりやすく肩をビクつかせてしまった。

大和に女性として意識されたくて買ったが、いまだ見せられずにいる事情まで見透かされていそうな気がした。

目を逸らして答えない葵を沢がクスッと笑う。

「彼に見せたくて買ったわけじゃないか。とっくに諦めてると言ってたもんね」

「う、うん」

「それなら私に紹介して。警視正の彼、すごく美味しそう」

驚いてカフェオレのボトルを倒しそうになる。

「沢ちゃん、恋愛に興味あったの⁉」

専門学校時代から、沢は容姿に無頓着だ。

メイクをした姿を見たことはないし、服も靴も帽子もバッグも全部、無地の黒。

切るのが面倒だからと前髪で目が隠れている状態なのは、以前からである。

恋人が欲しいなら見た目に気を遣うと思うので、恋愛に興味がないものと思い込んでいた。

するとと沢がニッと笑む。

「警視庁の警視正なら、色んな機密情報を持ってるはず。お金の匂いがプンプンして美味しそう」

華奢《きゃしゃ》な色白の手がゆっくりと前髪をかき上げた。

久しぶりに顔のすべてを見せてくれて、心臓が波打つ。

切れ長の二重は凛《りん》としているのに色っぽく、鼻筋が高くて唇と顎の形がいい。

ハッとするほどの美形なのは大和だけでなく、沢もだ。

ミステリアスな雰囲気も合わさって、旧知の仲の葵でもゾクッとした。

すっぴんでこれなのだからメイクをして着飾れば、どれほどの美女になるのだろう。

(誰にも紹介する気はないけど、特に沢ちゃんには会わせたくない)

思わず慌てて断る。

「沢ちゃんには美味しくないよ。大和さんはなにがあっても絶対に情報を漏らさないから。私でも、所属先さえはっきりと教えてもらってない」

「色仕掛けしても?」

(したことないからわかんないけど……)

「絶対に、ほんの少しも口を滑らせない。そういう人だから、近づくのはやめてね?」

「残念」

前髪を下ろした途端に、沢の雰囲気がもとに戻る。

よかったと心の中で安堵すると、見透かしたように指摘された。

「今、ホッとしたよね? 私に狙われなくてよかったと思ったでしょ。諦めてないじゃない」

「ち、違うよ。大和さんとどうこうなりたいと思ってないから。憧れのお兄さん? うん、そんな感じ。このまま妹ポジションをキープできればいいと思ってる」

「嘘ばっかり。自分の恋愛エッセイでも書いたら？　少しは素直になれそう。タイトルは『絶賛片想いこじらせ中』だね」

（えっ、私、こじらせてるの……？）

それは認めたくないが、片想いが長びくほど今の関係を壊すのが怖くなり、しかし恋が実らないせいで胸がどんどん苦しくなっているのを自覚していた。

空にはいわし雲が浮かんで穏やかな日差しが降り注いでいる。

沢と会った日の翌日、思い出の詰まった住まいに別れを告げた葵は、三階建てアパートに引っ越した。

前に住んでいたマンションからは電車で二十分ほどの距離にあり、都内では比較的地価が低い。家族用の間取りから八畳のワンルームに変えたのでかなり狭く感じるが、その分、家賃は半分ほどに下がった。

築年数は古いけれどリフォームしてあるので、水回りや壁紙がきれいで気に入った。

これで過度の節約をしなくても暮らしていけると思いたい。

引っ越し業者が引き上げた部屋で、葵はひとつ目のダンボール箱を開けた。

中に入っているのは食器や調理器具で、小さなキッチンの戸棚にしまおうとしたが、半分ほどしか入らなかった。

（収納スペースが狭すぎる）

大量にあった食器を引っ越す前にかなり処分したけれど、祖母のお気に入りの深鉢や父の茶碗やマグカップなど、どうしても捨てられないものが結構ある。

クローゼットもあるが、そこにはダンボール箱四つ分の衣類や日用品、仕事道具をしまわなければならないので食器までは入らないだろう。

（これ以上は捨てたくないのに、どうしよう）

頭を悩ませていると、携帯電話が鳴った。

ＳＮＳアプリに届いたメッセージは大和からだ。

会うのは月に一度程度だが、変わりないかと問うメッセージや電話は毎週ある。

いつもは気にかけてくれるのが嬉しいのに、今は眉尻を下げた。

【引っ越し先は探しているのか？】と書かれていたからだ。

物件の品定めを彼がするから勝手に契約するなと言われていたが、なにも相談せずに引っ越したので後ろめたい。

（大和さんに相談したら安いところはことごとく却下されるでしょ。家賃を払えないと言えば援助すると言われそうだし、勝手に引っ越すしかなかったんだよ）

叱られるのは嫌だが、嘘はつけないので仕方なく、不動産屋でもらった住所や間取りが印刷された用紙を撮影して送信する。

【ついさっき、ここに引っ越してきたところ。色々と事情があって事後報告になってごめんね】

時刻は間もなく十三時になるところだ。

きっと昼休みに入ったので葵にメッセージを送ってきたと思われる。

すぐに既読がつき、どんな返しがくるかと身構えたが、それっきり携帯は鳴らなかった。

（昼休みが終わった？　ということは、お説教は夜か）

今は気を抜いてもよさそうだと判断し、ライムグリーンのソファベッドに携帯を放り投げて片づけに戻る。

ダンボール箱三つ分の中身を出し終えた時、インターホンが鳴った。

引っ越し早々、訪ねてくるのは新聞かなにかの勧誘だろう。

「はーい」

どうせ断るのにと思いつつも玄関ドアを開けると、そこに立っていたのはスーツ姿の大和だった。

驚きのあまり「ひゃっ!」とおかしな声が出た。

眉間に皺を寄せている彼は明らかに不機嫌そうで、思わず両手で力いっぱいドアノブを引く。

けれども閉まる前に黒い革靴の先が差し込まれて阻止され、片手で軽々とこじ開けられた。

「なぜ閉める?」

「叱られると思って……」

「わかっているなら話は早い。あれだけ言ったのに、適当に引っ越し先を決めるとは」

「二回も下見に来て決めたから適当じゃないよ。リフォームしてあってきれいだし、エアコンも替えたばかりだって。家賃は手頃で、安いスーパーマーケットが近くにある。おまけに角部屋」

「防犯面の話をしているんだ。入るぞ」

有無を言わさない態度で部屋に上がった大和は、すべてを隈なくチェックし、最後に窓を全開にして身を乗り出すように周囲を確かめている。

その背に葵は口を尖らせた。

「不動産屋の人が治安は悪くないって言ってた。別の場所にもう少し安い部屋があったけど、一階だったからやめたんだよ。私だって防犯を意識して選んでる」

「どこがだ。インターホンはカメラ機能がない上に、俺が来た時、誰かを確認せずに開けたよな？　この窓は格子もシャッターもなく、足場になりそうな雨樋まで近くにあるじゃないか。二階でも簡単に入られるぞ」

「えっ、雨樋？　どこ？」

大和の横に並び、引き違いの窓の外を覗く。

外壁についている雨樋の位置を見ようとして身を乗り出すと、たくましい片腕が後ろからお腹に回された。

「危ないな、落ちるだろ」

思いがけず抱きしめられ、心臓が口から飛び出しそうになる。

中学生の頃は甘えて背中に飛びついたり、腕を絡ませたりしたが、恋心を自覚してからはこんなに体を密着させたことはない。

(ど、どうしよう。嫌じゃないけど、嫌がった方がいい？　それとも、なにも言わない方がいい？)

葵が鼓動を高まらせていることに彼は少しも気づかないようで、耳元で落ち着いた低い声がする。

「雨樋は右横一メートル半の場所だ」

「それだけ距離があればきっと大丈夫。窓を割ろうとしても手が届かないよ」

動揺を隠して反論すると、嘆息された。

「まったくお前は。楽観的すぎる。だから心配なんだ」

窓の内側に引き戻されたあと、すぐに彼の手が離された。

その手で前髪をかき上げる彼にまた鼓動が跳ねる。

やれやれと言いたげな顔をされても、その仕草はどこか色っぽい。

彼の方には少しもその気がないというのに、ひとりだけ意識しているのが恥ずかしく、熱い頬を隠すようにそっぽを向いた。

「私が楽観的すぎるなら、大和さんは心配性すぎ。仕事を抜けて駆けつけるほどじゃないのに」

「午後は半休を取った」

「私のために休んだの⁉」

申し訳なさと呆れが半々という気持ちで眉根を寄せたが、彼は平然としている。

有休は使いきれないほど残っていて、部下に指示を出してきたからこのあとの仕事に問題はないそうだ。緊急事態が起きなければの話だが。

「とりあえず、優先すべきはこの部屋のセキュリティを上げることだ」

「どうやって？」

説明が面倒なのか、返事をせずに大和が動き出した。

床に無造作に置いていた賃貸契約書を手に取ると、ジャケットの内ポケットから携帯を取り出す。

なにをするのかわからないが、「お前は片づけてろ」と言われたので、衣類の入ったダンボール箱を開けた。

（あっ、下着）

ボーイッシュなデザインでダークカラーの服が多いが、下着はカラフルで可愛らしいものばかりだ。

レースやフリルやリボンは昔から好きだけど、可愛く見せようとしていると思われるのが恥ずかしいので、思春期以降は人から見られない下着のみで楽しんでいる。

開けてすぐに現れた薄ピンクの上下セットに焦って振り向いたが、部屋の鍵を持った大和は背を向けていて、どこかに電話しながら玄関を出ていくところだった。

（よかった）

見られなかったとホッとした一方で、もし見せていたら大人の女性として意識してもらえただろうかとチラリと思った。

（残念……って、なに恥ずかしいこと考えてるのよ）

昨日、『迫ればいい』などと言われたからだと沢のせいにして、余計なことを考えないようスマホで洋楽を流しながら片づけに集中する。

どこかへ出かけていた大和は、そのあと四十分ほどしてホームセンターの袋や段ボール箱を抱えて戻ってきた。

「狭いのに、これ以上、物を増やさないでよ」

「すべて防犯用品だ。狭さに影響しない」

葵が見守る先で、大和が買ってきたものを取りつけ始める。

インターホンはカメラ付きのものと交換し、ドアと窓に内鍵を追加していた。

それから外へ出て、どこかから持ってきた脚立を伸ばして二階まで上ると、窓用のシャッターまで設置している。

室内からそれを見つめる葵と、窓の外にいる大和の視線が合う。

まるでロミオとジュリエットのようなシチュエーションだが、工具を片手に「これでよし」と口角を上げたロミオからは過保護さしか伝わってこなかった。

「勝手につけたらマズイでしょ」

「貸主に電話で許可は取った」

こちらがお金を出すなら防犯用品を後付けして構わないと言われたそうだ。

(だからって、ここまでしなくても)

取りつけを終えて大和が室内に戻ってきたので、休憩にする。

白い天板の小さなローテーブルに角を挟んで隣り合う。

座布団はなく、フローリングの床に直《じか》に座っているのでお尻が冷たかった。

ラグを敷く予定でいるが、家具の配置を決めてからちょうどいいサイズのものを買いに行こうと思っている。カーテンの購入もこれからだ。

テーブルの上にはコーヒーを淹《い》れたマグカップがふたつ。

彼の好みは知っているので、最初からティースプーン半分の砂糖を入れて出した。

自分の分は砂糖とミルクが多めだ。

「飲んで」

「ありがとう」

狭い部屋にふたりきり。なにかが起きるとは思っていないが、先ほど窓辺で抱きしめるような格好で支えられたためか、少しだけ意識してしまう。

その気持ちを紛らわせたくて、葵はキッチンの方を向いた。

収納しきれなかった食器がまだダンボール箱の半分を埋めていて、それを見ながらひとりごちる。

「入らない食器、どうしよう」

大和が今使っているマグカップも収納場所にしまえなかった。

熊のご当地キャラクターがプリントされたそのカップは、葵が高校の修学旅行で大和のお土産に買ったものだ。

葵の自宅を訪ねた時にそれでコーヒーを飲むからと言われ、その通りに使ってきた。

祖母が亡くなり、葵のひとり暮らしになってからは外で会うようになり、滅多に家に来なくなったので、とっておく必要はないのかもしれない。

そう思っても、思い出があるから捨てられない。

祖母のお気に入りの深鉢や父が使っていた茶碗と同じだ。

すると、マグカップを片手に持った大和が言う。

「俺の家で保管する」

「いいの?」

「ああ。思い出を無理に捨てなくていい」

葵が言わなくても気持ちを汲んでくれたようだ。

嬉しくなって、思わず彼の腕に抱きつく。

「大和さん、ありがとう。大好き！」

顔を輝かせて言った直後に、ハッと我に返った。

(私、今、なんて言った？)

喜びのあまりに口走っただけで告白の意図はないが、言われた側がどう捉えるかはわからない。

それに加え、彼の腕に胸を押しつけている状況だ。

まさか自分がそんな大胆な行動をするとは信じられず、体が固まったように動けない。

(どど、どうしよう……)

鼓動が早鐘を打ち鳴らしていると、大和が逆側の手でマグカップをテーブルに置いた。

「急に飛びつくと危ないぞ。もう少しでお前にかかるところだった」

どうやら熱いコーヒーに気を取られ、胸を押し当てられてもなにも感じていないようだ。

「ごめん」

体を離して目を逸らす。

苦笑して恥ずかしさをごまかしながらも、心はしっかり傷ついていた。

(眼中にないにもほどがあるでしょ)

異性として意識されていないのはよくわかっているのに、落ち込みそうになると、頭に大きな手がのった。

視線を戻すと、優しく細められた美麗な目に見つめられて心臓が波打つ。

「もう一度、言ってくれないか?」

「なにを?」

「大好きだと言われたのは何年ぶりか。最近はうっとうしがられてばかりだったから、嬉しいな」

(嬉しいの? 本当に?)

瞬時に顔が熱くなり、胸が期待に弾みだす。

(勇気を出せば、妹のポジションから抜け出せる? 怖いけど、今なら言える気がする)

汗ばむ両手を握りしめ、一世一代の覚悟で告白しようと口を開きかけたが——。

「子供の頃は会いに行っただけで喜んでくれたよな。中学時代のお前は大和お兄ちゃんと呼んでくれたのに、さん付けに変わった時は寂しかったな。呼び方を戻してもいいんだぞ。そうすれば俺も遠慮なく助けてやれる」

生活の援助をしたくても、本当の妹ではないからと葵に拒否されるので、歯痒い思いをしているそうだ。

兄のような優しい目をして話す彼に、葵はまた傷つけられた。

(よーくわかったよ。昔も今もこの先も、妹扱いをやめる気がないってことだよね。そっちがその気なら――)

悲しみと悔しさを怒りに変えた葵は、満面の笑みを作って立ち上がる。

「大和お兄ちゃん、窓にシャッターをつけてくれてありがとう」

本当に呼ばれるとは思っていなかったのか、彼が驚いた顔をした。

「それでね、妹からのお願いなんだけど」

彼の手を引いて立ち上がらせた葵は、キッチンに向かう。

食器が入ったダンボール箱を抱え上げると、大和に差し出した。

「保管してくれるんだよね？　ありがとう。すごく助かる。今、持って帰ってくれる？」

「せっかく半休を取ったから、夕食を一緒に――」

「申し訳ないんだけど、このあと約束があるんだ。妹だって大人になるんだよ。誘ってくれる男の人は大和お兄ちゃんだけじゃないの。ごめんね」

腹立たしさを隠して優しい声で言ったのに、途端に大和の眉間に皺が寄った。

「この前、寿司屋では男に興味がないような話をしていたよな？」

「お兄ちゃんには話せない事情もあるんだよ」

目を見開いている彼を玄関ドアの外へと誘導し、「またね」と笑顔でドアを閉める。

「葵！」

外から呼びかけられたが、内鍵までかけて、もう中には入れないという意思表示をすると、遠ざかる足音が聞こえた。

(お兄ちゃんと呼んでもいいなんて言うからだよ)

妹扱いされるのが嫌で反抗するけれど、その態度がかえって子供のように見えてしまって、なかなか妹ポジションから抜け出せない。

だったら素直に甘えれば異性として意識してもらえるのかというと、それもなさそうだ。

どうあがいても、ひとりの女性として見てもらえないと思い、ため息をついた。

彼がさっきまでいた場所に座り、テーブルの上の飲みかけのマグカップを見つめる。

すると腹立たしさがスッと消えて、急に罪悪感が押し寄せた。

(いつも忙しい大和さんが私のために仕事を休んでくれた。それなのに、あの態度はなかったかも……)

片想いで苦しんでいるのは彼のせいではなく、葵の事情だ。

思うようにならない腹立たしさをぶつけたのは間違っていたとすぐに反省した。

(嘘をついて驚かせたのも申し訳なかった……)

ソファベッドに手を伸ばして携帯を取ると、大和にメッセージを送る。

【心配して駆けつけてくれたのに、さっきはごめんなさい。本当は誘ってくれる人はいないよ。見栄を張ってごめん。今日は色々とありがとう】

すぐに既読になり、【わかった】とひと言だけ返ってきた。

過保護な小言が多い彼だが、メッセージの文面はいつも短い。

だから怒っているわけではないと思うが、呆れられていそうな気はした。

眉尻を下げた葵は後悔を深め、もう少し一緒にいたかったと心の中で本音を呟《つぶや》いた。

葵の引っ越しから数日が経った週初め、大和は所属している警視庁ではなく警察庁に赴いていた。

警視庁は東京都、警察庁は日本全域を管轄している。

重厚感のある会議室に集まっているのは、全国から五十人ほど集まった警備警察の幹部だ。

警備警察の有名な部門といえば、公安だろう。

過激派などによるテロやサイバー攻撃、対日有害活動の取り締まりをしている。

四年前の昇進時に公安部に異動となった大和は、参事官として務めている。

管理職なので表に立つ立場にあり、潜入捜査官のように警察職員に対しても素性を隠すということはないが、一般人に身分は公表しない。だから葵にも『古巣に戻った』としか言えず、刑事だという彼女の誤解を解かないままにしていた。

今日の会議は特別なことではなく、定例だ。

この日は濃紺の制服を着用し、警視正を表す金の階級章を胸につけている。

滞りなく二時間ほどで会議が終了すると、大和は真っ先に会議室を出た。

昨日、気になる事件が発生したため、その対応に忙しく足早になる。

しかし階段に向かう廊下の途中で、後ろから大きな声をかけられた。

「加賀見くん」

振り返ると、頭髪の半分が白くなった肩幅の広い男性がゆっくりとした足取りで近づいてくる。

警察庁の警備局長だ。

（この忙しい時に……）

厄介な人に捕まったと思っても、警察は縦社会なので応じないわけにいかない。

「敷島《しきじま》局長、おつかれさまです。ご無沙汰しておりました」

姿勢を正して会釈すると、親しげに肩を叩かれた。

「たしかに久しぶりだ。加賀見くんとは会議でしか会わないからな。しかし君の活躍は耳に届いているよ。なんたって、迷宮入りを三つも解決した天才だからな」

三つではなく四つだが、未解決だった殺人事件を解決に導いたのはその通りだ。

天才だと言う人もいるが、大和自身はそう思わない。

捜査記録を読み返し、足りない情報を得る手段を考えて実行し、得られた証拠をひとつひとつ吟味《ぎんみ》したあとは、ピースをはめ直してパズルを完成させただけだ。

犯人を嗅ぎ分ける天才的な能力があるわけではない。

それも十年ほど前の話で、敷島に会うたびに褒められると嫌みに聞こえてくる。

（いや十中八九、嫌みだろう。このあとに言われるのは、おそらく苦言だ）

予想に違《たが》わず、笑顔だった敷島の顔が曇った。

「君らの代で警視総監の椅子に座るのは加賀見くんだろうな。君がいればどんなテロも未然に防げるはずだ。実に頼もしい。そう思っていたのだが、昨日の事件はどうしたものだろうか？」

昨日の未明に、都内の郊外の民家で爆発事件があった。

火薬類取締法違反で逮捕された犯人は二十代の男性会社員。

花火を自作したかったと供述しているが、火薬の種類や調合記録を見ると爆薬を作ろうとしていたと思われる。

現在、刑事課の捜査第一課が調査しており、テロの可能性もあるため公安も動いていた。

単独犯ではないかという見解が多い中で、グループでの犯行を疑い警視庁内に対策室を設置したのは大和だ。

指揮を執る立場にいるため早く庁舎に戻りたい。

しかしながら敷島の苦言は受け止める。

テロやスパイ活動を監視して事件を防ぐのが公安の仕事だ。

素性を隠した潜入捜査官や一般人の協力者をあちこちに忍ばせて情報収集し、これまで事件にならない段階で多くの犯罪を未然に防いできた。

それが今回は爆発事件が起きてしまったので、失態のように言われるのも仕方ない。

もし今回の容疑者がグループでのテロ事件を計画していたのだとしたら、火薬の実験段階で止められたのは幸いだったかもしれないが。

「不徳の致すところで申し訳ございません。体制の見直しと感知力の向上に向け努力いたします」

一切の言い訳なく謝罪すると、敷島がゆっくりと首を縦に振った。

やり込めて満足したような笑みを口の端に浮かべ、もう一度、大和の肩を叩いて先に階段を下りていった。

(嫌われたものだな)

最初からそのような関係だったわけではなく、むしろ以前は気に入られていた。

しかし昨年、食事に誘われて店に着くと、なぜか見知らぬ女性が同席していた。

敷島の二十九歳の娘だ。

見合いを仕組まれたと気づいたが、上官相手に途中退席はできない。

初対面なのになぜか好意の視線を向けられて、会食の二時間が苦痛だった。

後日、呼び出されて娘の印象を問われた時に、結婚願望はないとはっきり伝えた。

以降は娘の話は出ていないが、あたりが少々きつくなったように感じている。

(会議でしか顔を合わせないから支障はないが)

警視庁の庁舎に戻った大和は、対策室に向けて廊下を進む。

すると捜査第一課のフロアから出てきた刑事と視線が合った。

「加賀見、ちょうどよかった。少し話せる？」

休憩所のドアを親指で差した彼は井坂《いさか》という。

出身高校と大学、入庁した日も一緒で、年齢も階級も同じ警視正。友人関係にあるが、腐れ縁という言葉の方がしっくりきた。

井坂は一課の課長を務めている。

赤茶色の癖毛と色素の薄い瞳は、フランス人の祖母譲りだと以前、聞いた。

子供の頃はさぞかし可愛かっただろうと想像できるような整った顔で、気さくな性格をしており、女好き。

刑事よりホストに向いていると上官から嫌みを言われても、少しも不愉快そうにせず笑って聞き流せるところは見習いたい。

腕時計に視線を落とした大和は、「五分だけなら」と制限をつけて応じる。

休憩所と書かれたドアの内側はベンチシートと自動販売機が二台あるだけの狭いスペースで、誰もいない。

大和がベンチシートの端に腰を下ろすと、井坂は隣に座らず、自動販売機に背を預けて立った。

「なにかわかったのか?」

昨日の爆発事件に関して話があるのだろうと予想して聞いた。

公安の対策室とは別に一課も、この事件を調べている。

「交友関係と火薬の入手経路を調査中。火傷の程度は軽いから、三日で退院できるって。屋根が吹き飛ぶほどの爆発を起こしておきながら、運がいいね。退院したら、洗いざらい吐かせるよ。楽しみだな」

天使のようにきれいな顔に浮かぶのは残忍な笑み。

それを見て背筋が寒くなった。

サディスティックな性格だと本人が言っているのは冗談ではないだろう。

友人ながら恐ろしい刑事だ。

「事件についてはわかり次第、情報共有するけど、俺が聞きたいのはそれじゃない。加賀見の眉間に皺が寄っていたからさ。機嫌の悪さを隠せないほどのことがあったんだろうと思って。葵ちゃんとなにかあった？　まさかとは思うけど、フラれた？」

井坂は葵を知っている。

三年ほど前、葵と寿司屋から出たところで偶然、鉢合わせたからだ。

月に一度の会食に、無理やりついてこられた時も二度ある。

その時に、殉職した元上官の娘だと話さざるを得なかったのだが、長きにわたる葵との交流を隠していたのはなぜかと面白がられた。

『自分好みに育ててから美味しくいただこうという魂胆《こんたん》か。硬派を気取ってる加賀見に、そういう性癖があったとは』

もちろん男女の仲ではないとすぐに否定した。

葵の父の殉職には責任を感じている。拳銃を所持した犯人と対峙した時、自分が先に発砲していたなら葵は父親を失わずにすんだだろう。

それからずっと強い悔恨を引きずっていて、当時の悪夢を今でも見る。

せめてもの償いにと遺族に手を差し伸べてきたが、葵が成長し、見守り役を降りてもいい年頃になってもやめられない。

職業の選択からして危なっかしく心配が尽きないから——というのは建前で、手放したくないという気持ちがあるのを自覚していた。

(子供扱いするなと葵は反発するが、いくつになっても可愛い妹だ)

この先もずっと自分の手で守りたい。

それを兄心と呼ぶのだと思っているが、弟妹がいないので正解なのかはわからなかった。

井坂に指摘されたので眉間の皺を伸ばした。

感情的になれば判断力に欠く。

職場ではなるべく感情を出さないよう心掛けているが、爆発事件が発生してから丸一日以上寝ていないこともあり、気づけなかった。

しかし、葵のことを考えていたわけではない。

「葵とはそういう関係ではないと言っただろ。苛立っているわけでもないが、そう見えるとしたら別の理由だ」

「警察庁からの帰りだよな？　警備局長に絡まれたのか。娘さんをフッたせいで」

「なぜ知ってる？」

井坂とはふたりで飲みに行くほど親しい間柄だが、見合いを仕組まれた話はしていない。

するると井坂がニッと口角を上げた。

「加賀見が見合いをさせられる少し前に、敷島局長に聞かれたんだよ。お前に交際相手がいるかどうかを。いないと教えた」

「展開が読めていたなら、いると答えてほしかった」

「嘘はいけないな。葵ちゃんとはそういう関係じゃないと、お前が言ったんだろ。何度聞いても好きだと認めない。天才と言われてるくせに自分の本心もわからないとはな。それとも色恋だけ疎《うと》いのか？」

大和は飛び抜けて優秀だと上官から評価されている。

有無を言わせぬ実績があるから、出世に関しては敷島だって文句を言えないだろう。

警察組織内で一目置かれた存在の大和をからかうのは井坂くらいのものだ。

頼んでもいない恋愛指南をして面白がっているのだとわかっているのに、なぜか井坂の言葉が胸に刺さった。

（俺の本心……）

警察官の宿命で、これまで何度も目を覆いたくなるような人の死を目撃してきた。

遺族の泣き叫ぶ声を聞くと、大和まで悲しみや怒りに呑まれそうになる。けれども心を揺らしていては捜査に支障が出るため、制御しにくい感情は箱に入れて鍵をかける習慣がついていた。

葵への想いも鍵付きの箱に入れてしまったのだろうか――ふと思ったが、即座に否定する。

(違う。それだとまるで、葵に恋愛感情があるかのようだ)

よこしまな想いを抱いてしまえば、贖罪にならない。

葵を支えてきた十三年間が汚れてしまう気がした。

からかうなと言っても井坂には通じないと思うので、話の方向を少々ずらす。

「葵が俺に相談せずに引っ越したんだ。なにかあったと言えば、それくらいだ。セキュリティが低いから、インターホンを取り換えて鍵を追加し、窓にシャッターをつけただけなんだが、その結果、迷惑顔で追い出されたんだよ。心配するほど葵は反発する。難しい年頃だ」

ため息をつくと、井坂が声を上げて笑った。

「子供じゃないのに、って言われたのか?」

「笑うな。葵は放っておいてほしいようだが、自分は大人だから大丈夫だと思っているところが危ない。この前も――」

多野元という政治家の汚職スクープを狙って尾行している話を葵から聞いた。

それ自体も安全とは言えないが大目に見るとして、多野元に接触していた留学生の話で追尾に待ったをかけた。

その留学生は美人でアジア系外国人風だったという。

政治家や官僚、自衛隊、企業の役員や研究職の社員などを狙って機密情報を得ようとする、外国の諜報員がいる。

四年間、公安を指揮してきた大和の経験から、多野元に近づいた留学生にスパイの可能性を感じたのだ。

同じ庁舎で働いていても、他部署の警察官に公安は調査中の情報を明かさない。

政治家の名前は伏せて井坂に大まかな事情を伝えると、途端に顔つきが引き締まった。大和の狙い通り、からかうのを忘れてくれたようだ。

「それは俺でも止めるわ。で、お前の勘は当たってたのか？」

「ああ」

調査の結果、その留学生の背後に某国の諜報機関があるのを確認できた。

しかし訓練された諜報員ではなく、一時的に雇われた程度の人物だった。

今すぐ多野元から盗りたい情報があるわけではないようだ。

ひと言でいえば長期戦略で、美女と体の関係を持たせることで弱みを握り、いずれ多野元が某国の損得に関わるような仕事をした時に揺すりの材料に使うつもりだろう。

それでも国益を損なうような芽は、小さいうちに摘んでおく。それが公安の仕事だ。

「部下に行かせるの？」

今回の留学生のような雇われスパイには、公安の身分を明かして接触する手法を取る。それだけで大抵の相手は、監視を恐れて手を引くからだ。

日本には諜報活動防止法のようなものがないのでスパイ罪で逮捕できない。

「いや、俺が行く。ネーム持ちの名乗りはなるべく避けたい」

ネーム持ちとはコードネームを持った公安警察官のことで、警視庁内でも実名は伏せ、マスクやサングラスで顔を隠している。

滅多に登庁せず、一般人に紛れて過激派やテロの捜査をするのだ。

大和は表に立つ立場の幹部として公安に入ったためコードネームも偽名もいらないが、一般人には公安所属を明かさない。今回のような件を抜かしては。

公安が動くような人物にニアミスしていた葵に嘆息する。

「危険な仕事はやめるよう何度も言ったが、止めるほどムキになる。心配で、今頃なにをしているのかと——」

「世間では、そういう感情を恋と呼ぶ」

話題を逸らしたつもりが恋愛話に戻されてしまい、嘆息しながら否定する。

「違う。葵を女性として見てしまえば、高野さんに申し訳ない」

「出会った当時はそうだったかもしれないけど、今は違うだろ。葵ちゃんは成長して大人になった。いらないなら俺がもらうよ。顔は可愛いし生意気そうな目がいい。そういう子を調教して従順にさせるのが楽しいんだよな」

葵に毒牙を向けようとしている友人を真顔で見つめた。

「冗談だから殺気を向けるな。鳥肌が立っただろ。つまり俺が言いたいのは、高野警部への贖罪はとっくに果たしてるってこと。お守り役は必要ない。葵ちゃんはお前の過干渉が嫌なんだろ。もう離れてあげたら？」

痛いところを突かれて目を逸らした。

葵を心配するたびに迷惑顔をされ、子供扱いするなと反発される。

これでもセーブしているつもりなのだが、葵にすると月に一度の頻度で会うのも多いのだろうか。

どうしているのかと気になって毎週連絡していたが、それも控えた方がいいのかもしれない。
本当の兄ではないのだから。
頭ではわかっているが、葵が完全に自分の手を離れてしまうと思うと胸が痛んだ。
膝の上で組んだ手を黙って見ていると、井坂がクッと笑う。
「二十六歳だっけ？　普通は恋を楽しむ年頃だ。他の男に取られても後悔するなよ」
（他の男？）
見知らぬ男と仲良さそうにしている葵を想像した途端に、強い焦りを感じた。
引っ越しの日に誘ってくれる男がいると言われた時も、同じだった。
嘘だとわかって心底ホッとしたが、現実になる日は近いのかもしれない。
（そうだよな。葵はもう、大人なんだ）
友人にはっぱをかけられ、その事実がようやく心にしみ込む。
すると焦りに加え、怒りも込み上げた。
（他の男が葵に触れるのは絶対に許せない）
嫉妬のような感情が急に顔を覗かせ、すぐに心の奥底に姿を消す。
（今のは一体……？）
自分の気持ちがわからず静かに動揺していると、井坂が背中を自動販売機から離した。

「五分経ったから、仕事に戻るわ」

人の気持ちをかき乱しておきながら、ヒラヒラとお気楽な調子で片手を振り、先に出ていく。

大和も対策室に戻らなければならないが、その前に心を落ち着けなくてはならない。

制服の内ポケットから取り出したのは私用の携帯で、写真フォルダを開いてこれまで撮りためた何十枚もの葵の写真を眺める。

最近撮ったものは、気を抜いた表情や怒り顔ばかり。

不意打ちでないと撮らせてくれないからだ。

上にスクロールすると徐々に幼くなって、中学生の頃の写真は笑顔であふれていた。

父のいない葵を助けなければと思いこれまで支援してきたが、この笑顔に大和も助けられてきた。

張り詰めた空気の中で捜査していると、やっと休暇が取れてもなかなか緊張が解けない。そんな時でも葵に会えば、フッと肩の力が抜けて素の自分に戻れた。

心をあるべき状態に戻してくれると言えば大げさかもしれないが、葵に癒やされていたのは間違いない。

子供の頃とは違い、今は月に一度程度しか会えないが、こうして写真を眺めることで思い出が蘇り、ひと時の癒やしを得ている。

市販の栄養ドリンクよりもよほど疲労回復効果が高い。

あどけなさを残した笑顔の写真に目を細めてから、最新の写真に戻す。

先月、寿司屋で撮ったもので、襖の方を向いているため横顔だ。

薄いメイクでもまつげが長くきれいな目をしている。柔らかそうな唇には艶《つや》があり、触れてみたいと感じた。

可愛らしい顔立ちの中に潜む大人の色気。

（こんなに大人びた顔をしていたのか）

同じ写真を見ても今までは気づかなかった——いや、気づかないふりをしていた葵の成長を今は無視できない。

そうすると箱に閉じ込めていた葵への感情が蓋《ふた》を開けて漏れ出した。

（俺のものにしたい。そう思うということは、とっくに葵を女性として見ていたのか）

動揺を感じつつ、いつからそんな気持ちを抱くようになったのかと自問する。

はっきりとは言えないが、葵が二十歳の時に彼女の祖母が亡くなり、それからは女性のひとり暮らしの家を訪ねるのは気が引けて、寿司屋など外で会うようにした。

手を出したくなる心から、無意識に葵を守ろうとしていたのかもしれない。

（その頃から、俺は葵を――）

『世間では、そういう感情を恋と呼ぶ』

先ほど井坂に言われた言葉が頭の中に蘇った。

単なるからかいだとは、もう思えない。

過保護と言われるほど心配して手を貸してしまうのも、他の男には渡したくないという嫉妬も、自分のものにしたいという独占欲も、葵に惹かれているからだ。

気づいてしまった恋心に愕然として、思わず片手で顔を覆った。

殉職したかつての上官への申し訳なさの他にも問題がある。

今後は妹扱いできそうになく、どうやって守っていけばいいのかわからなくなった。

（葵の方から頼ってくれるといいが、現状は迷惑がられているからな）

これからは嫌われるのを恐れ、連絡がしにくくなりそうだ。

葵から電話をかけてくることは滅多にないので、そうなると距離が開いて、いつか本当に他の男に奪われそうな気がした。

それを阻止したいなら恋人関係になるしかないが、想いを告げればそんな目で見ていたのかと軽蔑されるだろう。

葵にとって自分は兄のような存在で、そもそも十歳も年上の男など恋愛対象にならないだろうから。

（まいったな……）

ため息をつきながら立ち上がり、ドアを開けた。

対策室へと急ぎながらも、葵の顔が頭から離れない。

葵との今後の関係をどうするかは、テロ事件の解決より難しそうだった。

＊　＊　＊

翌日の十八時。

葵は愛車を走らせ、片道三車線の道路を東へ進んでいる。

今日も多野元を乗せたタクシーを追っていた。

（大和さんに止められたけど、ここまで来てやめられない）

具体的になにが危険なのかも言われていないし、友人の沢にはきっとなにか掴めるからもう少し追ってみるようアドバイスされた。

葵にすると多額ともいえる経費をかけているのに、成果なくしてやめられない心境だった。

黒塗りのタクシーとの間に他の車を三台挟んで追っている。

尾行に気づかれないと思っていたが、ウィンカーを出さずに右折車線に移ったタクシーが急にUターンした。

突然のことに対応できず葵は直進し、次の信号でUターンしたが、反対車線をしばらく走ってもタクシーを見つけられなかった。

コンビニの駐車場で愛車を止め、すっかり暗くなった空に向けてため息をつく。

（まかれちゃった）

気づかれたのか、それとも最初から尾行を警戒してあらかじめ急な進路変更を運転手に指示していたのかもしれない。

どちらにしても、目的地についてこられたら困ると思っているようだ。

（ここで諦めるのは悔しいな。今日は絶対なにかある予感がするのに。ハズレかもしれないけど行ってみるか）

頭に浮かんだのは、この前、沢から教えてもらったホテルだ。

多野元が所属する会派がよく利用していると聞いた。

ここからは遠いので違うかもしれないが、他に有力な行き先を思いつけなかった。

三十分ほど走ってホテルに着くと、先ほど見失った黒塗りのタクシーが止まってい
た。
（本当にいた！）
沢の情報では密談をする際には従業員用の出入口を使うそうだが、タクシーは堂々
と正面玄関前に停車している。
その違いは気になったが、降車した多野元を見て、やはり今夜なにかあると確信し
た。
乗り込む時にはスーツ姿だったのに、今はラフな服装をしている。
どうやら車内で着替えたようだ。
黒い帽子にマスクまでして顔を隠し、周囲を見回してからホテル内に入っていった。
急いで追いたいところだがその前に、目立たない場所に愛車を止め、葵も軽く変装
する。
マウンテンパーカーを脱いでリュックから出したベージュのコートを羽織る。
伊達《だて》眼鏡をかけ、結んでいた髪を下ろした。
一見普通のリュックは、裏返すとボストンバッグに早変わりする。
尾行の七つ道具というほどのものではないが、今のようにホテルに入る時は旅行者

を装えるので便利だ。

あとは東京観光の雑誌を片手に持ち、ホテルに駆け込む。

ロビーで周囲を見回すと、フロントで従業員と話している多野元を見つけた。

（あれ？　部屋の鍵を受け取ってる）

ホテル内の割烹料理店やレストランには行かないのだろうか。

葵が狙うのは、贈賄側の企業の役員と多野元が並んでいる写真だ。

いくらマスコミに撮られたくないからといって、ホテルの部屋で会うものだろうかと疑問に思う。

けれどもスクープ欲しさに深く考えないようにした。

カードキーを受け取った多野元が振り向いたので、葵は携帯電話を耳に当て電話中のふりをする。

「着いたよ。ロビーで待ってる。え、部屋まで行くの？　わかったよ。少し待ってて」

エレベーターホールに向かう多野元を追う。

葵を警戒している様子はないため、同じエレベーターに乗り込んだ。

「何階ですか？」と聞かれたので、作り笑顔で「七階です」と答えた。

視力は両目とも二．〇だ。フロントで多野元が受け取ったカードキーに【730】

と書かれていたのが見えていた。

エレベーターは静かに上昇し、七階でドアが開いた。

お先にどうぞというように揃えた指先を廊下に向けられ、会釈して降りたが、多野元に先に行ってもらわなければ都合が悪い。

それで数歩進んだところでわざと観光雑誌を落とし、もたもたと拾うことで彼の後ろに回れた。

二股の分かれ道まで来ると、油断させるために彼とは逆方向へ進路を取る。

離れたふりをしてすぐに引き返し、こっそりと尾行を続けた。

コートの右ポケットに入っているのは望遠機能や暗視機能がついた小型の高性能カメラで、いつでも取り出せるようにポケットに手を入れていた。

(お願い、今日こそ私にスクープを)

途中に自動販売機とソファが置かれたスペースがあり、その先は廊下の様子が変わった。

踏みしめている絨毯《じゅうたん》も部屋のドアも豪華になり、細身の葵なら中に入れそうな大きさの壺や絵画が飾られている。

どうやら同じ階でもグレードの高い部屋が並んでいるようだ。

多野元が730号室の前で足を止め、インターホンに指を伸ばす。

(部屋に誰かいるの？　あ、そうか)

カードキーは宿泊者の人数分もらえるから、企業側は先に来て待っているのだろう。

ということは中にいる人が、インターホンに応えてドアを開けた瞬間がシャッターチャンスだ。

近くの壺の陰に素早くしゃがんだ葵は、カメラを出して構える。

多野元との距離は八メートルほどで、彼は視線を左右に向けて誰もいないことを確認してからインターホンを押していた。

レンズを覗く葵の手は汗ばみ、期待と緊張で動悸《どうき》が加速する。

いよいよだと生唾を飲み込んだ次の瞬間、内側からドアが開き顔を覗かせたのは——見覚えのある女性だった。

(あの時の美女⁉)

先月、喫茶店で多野元と話していた留学生が、彼の首に腕を回して抱きついた。

「やっと会えた。遅いから、来てくれないかと思ったわ」

「待たせてごめん。マスコミにつけられては困るから、遠回りして来たんだ」

反射的にシャッターを切ってしまったが、不倫記事は書かない主義なのでいらない写真だ。

(尾行を警戒していたのも、マスクで顔を隠しているのも、このため?)

期待外れの密会相手を目の当たりにして、音に出さずにため息をついた。

それにしても美女と本当に親密な関係になっていたとは驚きだ。

『やっと会えた』と言っていたから、電話やメールで関係を深めていたのだろう。

喫茶店でふたりを目撃してから半月ほどしか経っていない。葵の感覚からすると恋人関係に発展するのが早すぎだ。

(私は大和さんと出会って十三年間、なにもないのに)

自分と比較しても不愉快になるだけなので、これ以上、密会現場を見たくない。

けれども隠れているので立ち去れず、美女の甘ったるい声を聞くしかなかった。

「ずいぶん待ったのよ。お詫《わ》びにキスが欲しいわ」

「ここではマズイ。部屋に入ってからな」

いやらしい笑みを浮かべる多野元に眉をひそめると、隣の部屋のドアが急に開いた。

多野元たちは慌てた様子で室内に入り、ドアを閉めようとしたが、隣の部屋から出てきた男性にドアを掴まれて阻止された。

何事かと驚いたのは、ふたりだけでなく葵もだ。

（大和さん⁉）

スーツ姿の大和がなぜかそこにいて、多野元の恋路を邪魔しようとしている。

おそらくこれも仕事なのだろうと思ったが、疑問は少しも解決しない。

（政治家の不倫を止めるのが刑事の仕事？）

目を丸くしている葵から見えるのは、大和の背中だけ。

片手でドアをこじ開けながら、警察手帳を出している様子だった。

「法律違反は犯していません」

怯みながらも多野元が反論し、大和が低い声で答える。

「多野元先生ではなく、後ろの彼女に対して提示しました。オウ・ユーシーだな。君の目的はわかっている」

多野元の背に隠れるようしている美女は、明らかに焦っている様子だった。

「わ、私はただの留学生です。この人と寝たらお金払うと言われたから！」

「協力したのは認めるんだな？　誰に頼まれた？」

「知り合いに紹介されて。名前は知らない。信じて。私、逮捕されることしてない」

「一応、聞いたまでだ。依頼者の情報も掴んでいる。現時点で君を逮捕する法律はない。しかし、適当な理由をつければ国外退去に追い込める。今回は忠告までだが、今後の行動は見張られているものと思え」

大和が帰っていいと言うと、コートとバッグを抱えた美女が多野元を押しのけるようにして廊下に飛び出した。よほど焦っているのか、隠れている葵には少しも気づかず、エレベーターの方へと走り去る。

押された多野元はつんのめるように廊下に出て、その背後でドアが閉まった。

「ハニートラップだったのか……？」

信じられないように呟いた多野元が、説明を求めるかのように怖々と大和を見る。

「彼女は多野元先生をはめるよう、指示されていました。諜報員の協力者、つまり雇われスパイです。失礼ですが、これまで彼女と体の関係は？」

「ないです。ホテルで会ったのは初めてですので。しかし、なぜ私を……」

美女との不倫をネタに脅されても某国に利益を与えるような立場ではないと、多野元が動揺しながら言った。

「今後、先生を利用できる日が来たら使う気でいたのでしょう。先生だけでなく、彼らは幅広く要人に接触しています。今後はお気をつけください」

「そうだったんですか。危うく引っかかるところでした。助けてくださってありがとうございます」

ホッとしたように息をついた多野元がそのあとに少しだけ大和に顔を寄せ、声のトーンを落とした。

「つかぬことをお聞きしますが……あなたは公安警察ですか？」

（えっ、公安⁉）

葵は驚いて大和の背を見た。

四年前に『古巣に戻った』と言われていたので、てっきり刑事部に所属していると思っていたからだ。

しかしスパイの調査といえば公安だ。

（私に、嘘をついてたの？）

警視庁だけを指して『古巣』と言ったのかもしれないが、刑事だと思って話していた時に勘違いを否定されなかった。

所属先を偽られていたことにショックを受けたけれど、話せないのもわかる。

（公安の警察官は、身分を明かさないと聞いたことがある）

多野元の問いかけにも、大和は答えなかった。

「私はこれで失礼しますが、先生はどうされますか？」

「そうですね、部屋で少し休んで気持ちを落ち着かせてから帰ります。今日のことは、その……」

「事件ではありませんので調書は作成しません。公にもしません」

それを聞いてホッとした様子の多野元は、大和に会釈するとそそくさと部屋に入った。

（そっか。公安だったんだ……）

壺の陰に隠れながら、葵は静かに傷ついていた。

一般人の自分には教えられないという事情はわかるが、信用されていない気もしたのだ。

思えば十三年間の付き合いなのに、大和についてあまり知らない。

彼の両親は海外に住んでいて、ひとりっ子。国内で最高ランクの国立大学を卒業して警察官になり、同期のキャリア組の中で警視正に昇格したのが一番早い。

趣味と実益を兼ねて筋トレは欠かさず、好きな食べものはカレーライス。

プライベートで外出した際に迷子の幼児を保護したが、通行人に誘拐かと疑われて警察を呼ばれたことがある。

そんな話はすべて、会食についてきた大和の友人の井坂から聞いた。

大和自身は『まぁいいだろ』で終わらせて、自分について話してくれない。

井坂が色々と知っているということは、友人には自分の話をしているのだろう。

（どうして私には教えてくれないの？　信用できないから？　それとも、子供に話しても仕方ないと思っているのか……）

大人の女性として見てくれる日は一生来ない気がして落ち込んでいると、「おい」と近くから呼びかけられ、心臓が口から飛び出しそうになった。

仰ぎ見ると、呆れ顔の大和が腕組みをして立っている。

多野元と同じように、大和もいったん部屋に戻ると思っていた。

見つかれば尾行について叱られるに決まっているので、その隙に帰るつもりだったのだが、いつから気づいていたのだろうか。

伊達眼鏡を外し、バツが悪い思いで問いかける。

「どうしてわかったの？」

「気づけないようじゃ廃業だろ。特に葵の匂いはすぐわかる」

思わず髪や服の匂いを嗅ぐ。

香水はつけない主義なので、汗臭いのではないかと気にした。

「気配のことだ」

勘違いに笑ってしまったが、彼の眉間に皺が寄ったので首をすくめた。

「危険だと言ったはずだが」

「だって、なにが危険なのか教えてくれなかったから……」

まさか美女が某国の雇われスパイだとは思わなかった。こちらとしてはスパイ活動を邪魔する気がなくても、そう思われてなにかされたら恐ろしい。

「ごめんなさい」

咎《とが》めるような目で見られて素直に謝ったが、仕事なので二度と政治家を尾行しないとは言えない。

ただし、大和に止められた時だけは本当に危険なのでやめようと思った。

腕を掴まれて立たされる。

「部屋に入れ」

「なんで？」

「見つかってもいいのか？」

彼が顎をしゃくった先には、多野元の部屋がある。

少し休んでから帰るような話だったが、その少しがどれくらいかわからないので、ここにいては鉢合わせする恐れがあった。

大和が開けてくれたドアの内側にコソコソと入る。

絨毯敷きの短い廊下が延びていて、奥の部屋のドアは開いていた。

照明が灯る部屋に見えたのは、ふたつ並んだベッドだ。

途端に動悸が始まる。

（ホテルの部屋でふたりきり……）

なにも起きないとわかっていても意識してしまい、自然体でいなければ変に思われると焦った。

奥へ進みながらあちこち覗き、緊張を解こうとして無駄に口数が増える。

「ふーん、いい部屋だね。シャワールームが広くてきれい。洗面台はおしゃれでアメニティグッズが充実してる。しばらく旅行に行ってないからなんか新鮮。わっ、この部屋すごい！　大きなベッドがふたつもある。西欧風で素敵。泊まってみたいなー」

（な、なに言ってるのよ。私にそんなこと言われたら、大和さんは嫌でしょ）

彼の方をチラッと見ると、ベッドの端に腰を下ろしていた。

（ほらね、女だと思ってないから平気でベッドに座ってる。私も普通にしないと意識していないのをアピールするために、あえて彼の横に座った。

鼓動はますます高まるが、平静を装いあくびまでしてみせる。

するとと大和が立ち上がった。

「なにか飲むか？」

窓際の小型冷蔵庫に近づいた彼が扉を開けている。

「いらないよ。喉渇いてない」

「そうか」

自分の飲み物も取らずに冷蔵庫を閉めた彼は、隣に戻らずに窓際のふたり掛けのソファに腰を下ろした。

(避けられた……？)

一瞬そう思ったが、単に冷蔵庫からソファが近かったからだと思い直す。

同じベッドに座りたくないほど怒っているようには見えなかった。

咳払いをしたあとに大和が言う。

「家の片づけは終わったか？」

引っ越しから六日が経っている。

どうしても収納場所が足りないので、まだ使える日用品や衣類を少し処分し、昨日やっとダンボール箱からすべてを出せた。

「なんとか。食器を預かってくれてありがとう」

それについては感謝しているが、妹扱いが悲しくてムキになり追い出してしまったことも思い出した。

今さらながらに気まずい。

（誘ってくれる男性なんかいないのに、見栄張って嘘までついたし……）

指摘されそうな気がして身構えたが、暗い窓の外を眺めている彼は「ああ」としか言わなかった。

（大和さん？）

いつもと感じが違う。

会うと必ず葵の暮らしぶりや仕事について聞きたがり、それはやめろとダメだしばかり。過保護で口うるさいのがいつもの彼なのに、今日はやけに口数が少ない。

この部屋に入ってから、目も合わない。

「なんでこっち見ないの？」

率直な疑問をぶつけると、視線を向けてくれたがすぐに逸らされた。

「お前の気のせいだ」

淡白な口調で言ってから、携帯を出していじっている。

一緒にいる時に彼が携帯を出すのは、職場からの電話がかかってきた時や葵の写真を撮る時だけだったので、余計におかしく感じる。

大和に歩み寄った葵は、ソファの前にしゃがんでその顔を覗き込んだ。

「もしかして、言うこときかずに尾行してたの、結構怒ってる？」

「怒ってない。だが今後は、俺が止めた時は本当に危険だと思ってくれ。お前のためだ」

「うん、わかった。約束する。言いたいことはそれだけ？」

「なにを聞きたいんだ？」

手元からこちらに移された視線に鼓動が跳ねる。

凛々しい眉の下の切れ長の目は、精悍な印象なのに美々しさもある。

きれいな黒目に自分の顔が映り、この目に十三年間見守られてきたんだと胸が熱くなった。

自分からしたことなのに、至近距離で見つめ合っているのが恥ずかしい。

近づきすぎたと焦ったが、目の下のクマに気づいてそっちの方が気になった。

「もしかして寝てないの？」

「まぁな。よくあることだ。心配いらない」

中学生の頃は徹夜続きの多忙な彼を、くだらない用事でたびたび呼び出した。

会いたかったからだが、今思うとワガママで申し訳ない。

大きな事件があれば徹夜での捜査も仕方なく、本当に慣れているのだと思うけれど、心配くらいさせてほしい。

「ベッドがあるんだし、今から寝なよ」

「いい。多野元が帰ったら、お前をホテルの外まで送る」

「じゃあ、それまで寝て。隣のドアが開く音がしたら起こすから」

「嘘つけ。葵なら勝手に帰ろうとするだろ。それでドアを開けたところで運悪く多野元と鉢合わせる。お前がやりそうなパターンだ。俺は二、三日寝なくても——」

「いいから！」

なんとしても寝かせたい気持ちでムキになり、大和の腕を両手で掴んで引っ張る。しかしビクともせず、逆に手首を掴まれた。

「葵、ダメだ」

「どうして？　起こすって言ってるのに」

「そうじゃない。ふたりきりだからだ」

（えっ？）

強い口調で言った彼は、その直後にハッとしたように目を逸らした。

「お前には意味がわからないと思うが、とにかくダメなんだ。言うことを聞いてくれ」

気まずそうな雰囲気で、落ち着きなく視線を動かしている。

頬は心なしか赤く、それに気づいた途端に葵の鼓動が急加速した。

（それって、もしかして……）

女性として意識してくれているのだろうか。

これまでの大和の態度をかえりみるとまさかそれはないと思うが、一度湧いた期待を捨てきれない。

勇気を出して彼の気持ちを探ってみようかと考えているうちに、大和が先に口を開いた。

「余計なことを言った。今のは忘れてくれ」

葵の手首を離した彼が、視界に入らないでくれと言いたげに顔を背けた。

自分たちの間に漂う緊張感は、これまで一度も感じたことのないものだ。

なにも確かめられないままはぐらかされては困るので、思わず彼の頬を両手で挟むと強引にこっちを向かせた。

視線が交わり、心臓が大きく波打ち、早くなにか言わなければと焦って口を開く。

「意味はわかるよ。大人だもの。ずっと子供じゃないってわかってほしかった。大和さんとなら私、同じベッドで寝られるよ」

(なに言ってるの私⁉)

大和が大きく目を見開いている。

葵自身も驚いて、彼の頬からパッと両手を離した。

(待って、深い意味はないの。いや、ないとも言えないけど。決して一緒に寝ようと誘っているわけじゃないから!)

恥ずかしくて口に出して言い訳できず、ただ顔に熱を集中させている。

動悸は苦しいほど加速していた。

(どうしよう)

「葵……」

掠れた声を聞いた時、ふたりの間に漂う緊張感を打ち破るかのようにインターホンが鳴った。

途端に警察官の顔つきに戻った大和が、人差し指を唇に当てて立ち上がる。

「静かにしてろ」

小声で指示した彼が壁際のインターホンまで行き、応答ボタンを押す。

「はい」

『多野元です。まだお部屋にいらしたんですね。先ほどはありがとうございました。

声をおかけしてから帰ろうと思いまして』

「気をつけてお帰りください。あとからなにかお気づきになりましたら、警視庁の加賀見までご連絡ください」

『わかりました。それでは失礼します』

ふたりの会話を聞きながら、強い恥ずかしさの中で自問する。

(同じベッドで寝られるってなに？　色々と飛び越えすぎてる。返事に困らせるだけなのに、なんであんなこと言っちゃったんだろう。どんな顔でなにを話せばいいのかわからないよ)

妹ポジションから抜け出したいが、恋心に気づかれたら距離を置かれそうで怖い。気のある素振りを見せてはいけなかったと後悔していると、多野元との話を終えた大和が戻ってきたので火照る顔をうつむけた。

最大限に気まずく、ごまかしの言葉も思いつかない。

動揺してただ鼓動を高まらせていると、頭に大きな手がのった。

「たしかに大人になったな。男を勘違いさせるようなことまで言う。危ないから俺以外には言うなよ」

(勘違いで片づけられた)

不満でも頷くしかない。

「五分後にここを出よう。外まで送る」

「うん……」

恥ずかしさや気まずさをごまかしたい。舌先を覗かせへへッと笑ってみせると、彼も少しだけ笑ってくれた。

これでいいことにする。今の関係が壊れて、会ってくれなくなるのは怖いから。

（嘘つき。このままでいいなんて、本当は思ってないでしょ？）

相反するのにどちらも本心なので、大和にどう接していいのかもわからなくなりそうだ。

五分経って部屋を出る時に、使わなかったベッドをチラッと気にした。

「行くぞ」と歩みを促され、背中に手を添えられる。

いつだって頼もしく導いてくれるその手に、兄以上の想いがあればいいのにと思っていた。

ホテルで大和と会った日から二週間ほどが過ぎた。

時刻は間もなく二十時で、駐輪スペースにスクーターを止めた葵は寒空から逃げるようにアパートの玄関に入った。

目の前には三段の階段があり、左横には二階と三階の住人の郵便受けが並んでいる。

葵の部屋は２０５号室で、自分の部屋の郵便受けを開けた。

入っていたのは、過去に一度だけ利用した美容室のダイレクトメールと、チラシが数枚だ。

ため息が漏れたのは不用なものばかりだったからではなく、多野元の件について考えていたためだ。

（また負けた）

生活費を稼ぐため、今日は朝からずっとアルバイトをしていた。

一時間ほど前に引っ越し屋の仕事を終え、携帯を開いた途端に大打撃を食らった。

多野元の収賄疑惑の記事が、相手企業の役員と並んだ写真付きでネットニュースにアップされていたからだ。

同じライターによる詳細記事を載せた週刊誌も今日の午前中に発売されていて、先ほどコンビニで購入した。

店内でザッと流し読みしたところ、葵がこれまで調べた情報とほぼ同じだったので、証拠写真さえ撮れていたならと余計に悔しくなった。

(三か月もかけたのに。後追い記事になるのはこれで何度目? 私ってライターに向いてないのかな)

おそらく数日中には警察も動き出し、多野元は逮捕されて辞職に追い込まれるだろう。

話題性があるので後追い記事でも買ってくれる先はあるけど、経費を上回る収入は見込めそうにない。

生活のためにアルバイトは必須だが、そんなことをしているから決定的瞬間を逃すのだとも思った。

(完全に負のループ)

肩を落として郵便受けを閉めると、大和に会いたくなった。

(ダメだしされても、口うるさくてもいい。顔を見るだけで、少しは元気になれるのに)

ホテルで会ったあと、彼からの電話やメッセージはない。忙しいのだろうと思うので、葵からも連絡していない。

子供の頃のように、会いたいから電話するというワガママな行動は取れなかった。

階段へと爪先を向けると、一階の廊下の奥から足音が聞こえ、曲がり角から現れた顔見知りの住人と鉢合わせる。

「高野さん、こんばんは」

「こんばんは、縞森《しまもり》さん」

「今日は寒いですね」

三段のステップを下りてきた女性は縞森美菜恵《みなえ》。葵の部屋の真下の105号室に住んでいて、引っ越しの日に挨拶に行ったのが初対面だ。

不動産屋には単身の若者で近隣住人に挨拶をする人の方が珍しいと言われたが、祖母の昔ながらの教えの賜物か、タオルを手土産に部屋を訪ねた。それ以来、会えば当たり障りのない会話を少しする関係だ。

年齢は知らないが、たぶん葵と同じくらいだろう。

背は葵より十センチほど高く、ショートボブの黒髪で真面目そうな印象を受ける。

「そうですよね。外の風、すごく冷たかったです。これからお出かけですか？　今日は直斗《なおと》くんと一緒じゃないんですね」

「今、主人とお風呂に入ってるんです。私はちょっとコンビニまで」

美菜恵は夫と一歳の息子の直斗と三人で暮らしている。

てっきりこのアパートの全部屋がワンルームだと思っていたが、一階だけ半地下の部屋がついたメゾネットタイプで、少々狭いけれど家族で住めるそうだ。

「いってらっしゃい」

作り笑顔で会釈して横を通り過ぎようとしたが、「あの」と呼び止められる。

階段の二段目で足を止めて振り向くと、美菜恵が眉尻を下げた。

「うち、うるさいですよね？　直斗の夜泣きでご迷惑をおかけしてすみません」

引っ越しの挨拶の時にも夜泣きについて申し訳なさそうに説明されたが、一度寝たらちょっとやそっとのことで起きないから大丈夫だと答えた。

しかし実際はなかなか寝つけなかったり、途中で起こされたりしている。

どうやらキッチンの配管を伝って階下の音が響くようだ。

物件選びの際に、色々と手頃なこのアパートでひと部屋だけ空いていてラッキーだと喜んだが、そういう理由で空室だったのかと少々後悔した。

けれどもたまに見かける直斗は愛らしく、幼い子の夜泣きは仕方ないと思うので腹は立たない。

美菜恵が気を遣わないよう、笑みを強めた。

「毎晩、熟睡してます。全然気にならないですよ」

「お気遣いはありがたいんですけど……あの、無理しないでくださいね？　単身用のマンションは他にもたくさんありますので」

(ん?)

早く引っ越した方がいいという勧めだろうか。申し訳ないと思って言ってくれたのかもしれないが、金銭的にそんな余裕はないのにと心の中で苦笑した。

「本当に大丈夫です」

「そうなんですか。ありがとうございます。では、私はこれで」

外へと顔を向けた彼女の背を見送る。

(私と同じくらいの年齢なのに、結婚して子育てしてる。すごいな)

二十代半ばの女性としては珍しくないとも思うが、男性との交際経験さえない葵にとっては自分よりずっと先を歩んでいるように見えた。

(夜泣きで起こされても私はベッドから動かないけど、縞森さんは抱っこしてあやしているのかな。毎晩のことで大変だ。愛する人との子供だから親は耐えられるのかも)

頭にぼんやりと浮かんできたのは、赤ちゃんを抱っこしている自分の姿だ。

その後ろには大和がいて、赤ちゃんごと葵を抱きしめ――。

「わーっ!」

自分の妄想に驚き、あまりの恥ずかしさに大声を上げた。

するとアパートの玄関を出ようとしていた美菜恵が「きゃっ」と悲鳴を上げ、血相を変えて周囲を警戒している。

そこまで驚かなくてもと思ったが、完全に自分が悪いので慌てて謝る。

「すみません。手に虫が止まっただけなんです」

「えっ、虫？」

「本当にすみませんでした」

大きく頭を下げてから二階まで階段を駆け上がり、自分の部屋に逃げ帰った。

玄関ドアを背にして呼吸を整える。

(好きな人との赤ちゃんを妄想していたなんて、恥ずかしくて説明できない。でも冬なのに、虫が止まったは無理があったかも)

スニーカーを脱いで部屋に上がり、天井の照明をつけた。

シャッターを下ろした窓際に小型テレビとローテーブルを配置し、ソファベッドはキッチンとリビングスペースの間仕切りのように部屋の中央に置いている。

壁際に寄せた方が少しは広く感じられそうだが、クローゼットの扉を塞いでしまうのでできず、ワンルームの家具の置き場所は意外と難しい。

今の配置も確定とは言えないので、床が冷たくてもまだラグを買えずにいた。

カーテンもその時に買う予定でいて、大和がつけてくれたシャッターが夜間や留守の時に役立っている。

手を洗ったあとはリュックの中からコンビニのレジ袋を出す。

多野元の記事が載った週刊誌と、値引きシールの張られた弁当をテーブルに置いて座り、テレビをつけた。

警察はもう動き出していると思うので、もしかすると多野元逮捕の速報が入るかもしれないと思い、ニュース番組にチャンネルを合わせた。

「いただきます」

買ってきた弁当は唐揚げにウィンナー、ポテトサラダとスパゲッティーが少量ずつ入っていて、ご飯の上に鮭がのっている。

温めてもらったのにもう冷めているが、空腹なので美味しく感じられた。

三分の一ほどを食べた時、ニュースは今月の上旬にあった爆発事件の続報に移った。

たしか打ち上げ花火を自作している途中に火薬に引火し、誤って爆発させてしまったという事件だったと記憶している。

それを起こした二十代の会社員男性は火傷を負って入院したが、軽傷ですんだためすでに退院して取り調べを受けているそうだ。

民家の屋根が壊れて黒焦げの室内が見えている上空映像のあと、モザイク入りの近隣住人のインタビューが流れた。

『半年前くらい前ですかね、空き家だったあの家におひとりで引っ越してきたんです。若いのになんでだろうと不思議に思ったんですよ。畑の真ん中の一軒家だから。人の出入り？　警察にも聞かれました。正直、よくわからないです。あの家はぐるっと木で囲われていて、玄関が見えにくいんです』

『朝のゴミ捨てで見かけた時は普通の若者に見えたんだけど、普通じゃないのはたしかだな。勝手に花火を作ってはいけないのはわかってたと思うよ。でないと、こんな田舎に引っ越してこないでしょ。住宅密集地で爆発させたら、ごめんですまないからな。だけど、本当に花火なのかは怪しいんじゃない？』

事件発生時は供述に沿った報道の仕方をしていたが、どうやら様子が変わったようだ。

怪しい人物だと印象付けるようなインタビューのあとに、女性アナウンサーがキリッとした表情で言う。

『警視庁は対策室を立ち上げ、目的や交友関係、火薬の入手先を調査している模様で――』

（ふーん、警察は勝手に花火を作っただけとは思ってないんだ。交友関係を調査中ということは、グループでの犯行？　まさか、爆弾テロを計画してたとか？　こわっ。そうだとしたら、失敗して爆発させてくれてよかった。大事件にならずにすんだもの）

今の段階でそこまで断定できないが、その可能性を想像させる報道だった。

鮭とご飯を一緒に口に入れて、大和の顔を思い浮かべる。

（この事件のせいで忙しいのかも）

爆弾テロが疑われるなら、公安が動くはずだ。

ホテルで会った時の彼はしばらく寝ていない雰囲気だったと思い返す。

あの日は爆発事件が発生した二日後なので、捜査体制を急ピッチで整えていたのかもしれない。

（東京を守るため寝ずに働いていた人に、なんてことを言ってしまったんだろう）

『大和さんとなら私、同じベッドで寝られるよ』

彼の気持ちを確かめようとして思わず言ってしまったのだが、時間が経っても恥ずかしさはなくならない。

大和にしたら葵に困らされている場合ではなかったと知って、後悔も増すばかりだ。

（気まずいけど、会いたい……）

携帯を開いても、彼から連絡はなく眉尻を下げた。

ホテルで会ってから今日まで音沙汰がない。

今まではどんなに忙しそうでも週に一度は変わりないかと問う電話やメッセージがあったのに、こんなに間が空くのは初めてだ。

前回の食事会からひと月経ったのに、その誘いもなかった。

(すごく忙しいからだと思うけど)

不安が靄《もや》のように胸に立ち込める。

もしかすると避けられているのではないかと思ったからだ。

(私がおかしなことを言ったせい?)

ベッドに誘われたように聞こえたのかもしれない。

(きっとすごく困らせたんだ。ううん、そんな軽いものじゃなく、嫌われた? どうしよう)

今さらながらに焦っていると、手の中で携帯が震え出し、驚いて落としそうになった。

大和からかと期待して画面を見たが、井坂からの電話で目を瞬かせた。

井坂とはこれまでに三度会ったことがある。

初対面は三年ほど前で、大和と寿司屋で食事し、外に出たところで鉢合わせた。

同期の刑事だと自己紹介してくれた彼に、葵も警察官だった父の名を出して挨拶すると驚かれた。

どうやら大和は仲のいい同期にも葵との交流を隠していたようだ。

どうしてなのか問うと『特に理由はない』と言われたが、挨拶もそこそこにタクシーに押し込まれ、自宅まで送られた。

二度目と三度目は、同じ寿司屋で三人で食事をした。

あとから合流した井坂を、呼んでいないと言って大和が追い返そうとしていたが、葵がぜひにと同席をお願いした。

『加賀見の面白い話、聞きたくない？』と言われたからだ。

連絡先は三度目に会った日に、井坂に求められて交換した。大和に仕事の電話がかかってきて席を外した時にこっそりと。

井坂は軟派な気がして警戒したのだが、大和の話をもっと聞きたくて断れなかった。

けれども彼とはそれっきりで、会食に交ざることも電話やメッセージもない。

最後に会ったのは一年以上前になる。

（どうして井坂さんが……。もしかして、大和さんに一大事が起きたとか⁉）

慌てて電話に出ると、明るくノリのいい声がする。

『葵ちゃん、久しぶり。井坂だけど覚えてる？』

「はい、もちろんです。大和さんになにかあったんですか？」

早口で問いかけると、吹き出された。

『真っ先に加賀見の心配？　俺に興味なさすぎで傷ついたよ』

「す、すみません」

井坂が笑っているので、どうやら一大事ではないようだ。

ホッとしつつも、それならなんの用かと不思議に思って続きを聞いた。

『加賀見は普通に忙しそう。いつものことだけど、しばらくあいつから連絡来てないだろ？　葵ちゃんがしょげてると予想して可哀想だから電話してみたんだけど、どう？　当たってる？』

「えっ」

どうして井坂にわかるのか。

返事ができずに戸惑っていると、また笑われた。

『なに驚いてるの？　葵ちゃんが加賀見を好きなのはとっくにわかってるよ。まさか、あれで隠してたつもり？』

口では生意気そうなことを言っても目では大和を追っていたり、彼の些細《ささい》なひと言で嬉しそうにしたりと、井坂にするとわかりやすい態度だったらしい。

（沢ちゃんにもわかりやすいって言われた。私の気持ち、隠せてないの？）

「あの、そのこと、大和さんには？」

一番の心配は、友人の口から本人に恋心を暴露されることだ。

『大丈夫、言ってないよ。加賀見は天才と言われているのに、色恋はからきしみたい。うまくいって付き合えたとしても、あいつはつまらないデートプランしか立てられないよ。だからさ、俺にしない？　刺激的な大人の恋を教えてあげる』

甘い声で囁くように言われても、まったくときめかない。

少々軟派な気はしていたが、思っていた以上だった。

「お断りします。大和さん以外の人を好きになれませんので。電話切っていいですか？」

『待て待て、冗談だから怒らないでよ。加賀見にも葵ちゃんを誘っていいか聞いたら、殺気を向けられたよ。君に手を出せば殺されそうだから、絶対にしない』

（殺気？　大和さんが？）

大切にされている自覚はあるが、友人の冗談を聞き流せないほどなのかと喜んだ。

兄心ではなく恋心からの嫉妬なら、もっと嬉しかっただろう。

機嫌が直ったところで、井坂の真面目な声を聞く。

『本当は君に謝りたくて電話したんだ。ごめんね。加賀見がいつまでも君の気持ちに気づこうとしないから、じれったくなってちょっと煽《あお》ってみたんだけど――』

半月ほど前に庁舎の休憩所で、大和とふたりで話したそうだ。

葵の引っ越し先のセキュリティを上げたら、新居から追い出されたという話を聞いて、こうアドバイスしたという。

『葵ちゃんはお前の過干渉が嫌なんだろ。もう離れてあげたら？』

（私の気持ちを知っていてそんなこと言ったの？）

大和から連絡がない原因が、まさかそれだとは少しも思わなかった。

「困ります。私が告白できないのは、距離を置かれる気がして怖いからなんです」

文句を言うと、少しも悪びれた雰囲気のない声で謝られる。

『だから、ごめん。加賀見は考え込んでたな。俺の言葉が胸に刺さったのかも。葵ちゃんには悪かったと思うけど、こうなった以上は前に進むしかないんじゃない？』

「前？」

『加賀見に離れてほしくないなら、葵ちゃんからアクションを起こすしかないって言ってるんだよ』

告白を勧められて眉尻が下がった。

(大和さんを困らせるだけだよ)

ホテルでの自分のあの発言に対して、大人になったとは言われたけど、最後は結局子供扱いだった。

「そんなこと言われても……」

無理だという気持ちで呟くと、井坂がなにかを思い出したかのようにつけ足す。

『そうそう、警察庁の上官がさ、加賀見に娘をプッシュしてるそうだよ。お見合いを図られたんだって。結婚したら出世に有利に働く。逆に言うと断るのはリスキーだ。警視総監の椅子が約束されるなら、その結婚、俺はアリだと思うけど。まったく羨ましい話だよな。ああ、葵ちゃんにとっては悪い話になっちゃうか』

(大和さんが結婚⁉)

女性に興味がない様子だったので、すっかり安心していたが、まさかお見合いまでしていたとは。

出世に響くなら結婚を考えてもおかしくないと思い、大きな不安に襲われた。

手が変に汗ばむのを感じながら救いを求める。

「あの、私はどうしたらいいですか？」

焦らせるだけ焦らせておきながら、井坂が突き放すように言う。

『自分から行動するのは無理なんでしょ？　それなら長年想い続けた相手が結婚してしまうのを、指をくわえて見てればいいよ。ごめんね、もう時間切れ。デートの予約が二件入ってるんだ。葵ちゃん、またね』

電話を切られたあとも、しばらく携帯を耳から離せず、呆然《ぼうぜん》と固まっていた。

（どうしよう。大和さんが、私から離れていっちゃう）

他の女性に取られたくないのなら、自分と交際してほしいと告白するしかない。

けれども成功する確率はゼロに近い。

告白したことで距離を置かれる可能性もある。

解決策は見つからないが、とりあえず連絡がない今の状況はマズイと思い、ＳＮＳアプリを開いてメッセージを送ろうとした。

（結婚するの？とは聞けない。するって言われたら怖いもの。なにか、少しでもいいから私を気にしてくれるような内容を）

ここ数年、自分から連絡したことは数えるほどしかなく、なにをどう切り出せばいいのか迷った。

（久しぶり、元気？　まずは無難な挨拶で……）

しかし書いた文字をすぐに消した。

大和から連絡がないのを責めているように捉えられたら困るからだ。

（忙しいのはわかってる。大和さんの負担にならないように、サラッと読んでもらえる内容にしないと。でも、なんの用もないのに連絡したら変に思われそう）

連絡する理由を探して、部屋の中を見回した。

（預かってほしい荷物がまだあると言おうか。でもこの前、なんとか片づいたって言っちゃったんだ。どうしよう……そうだ！）

目に留まったのは窓だ。

シャッターを下ろすのは夜と外出時だけで、家にいる日中は開けている。

室内が外から見えてしまうので、ラグと一緒ではなくカーテンだけ先に買った方がいいかもしれない。

思いつきをすぐに文章にする。

【この前は窓にシャッターをつけてくれてありがとう。それで、相談というほどではないけど、大和さんの意見を聞きたくて連絡した。無地と花柄、もしくはストライプとかの他の柄、どんなのがいいと思う？　私は花柄ってキャラじゃないか。色も迷ってる。薄い色だと透けて見えそうだから、濃い方がいいかな。でも地味な色より明るい方がいいよね。可愛く見せたいわけじゃないけど。もちろんレースのも一枚買おうと思ってる。参考意見として大和さんの好みを聞かせて？】

読み直しながら、眉根を寄せる。

（色々と言い訳を付け加えていたら長くなっちゃった。カーテンでセキュリティは上がらないからなんでもいいだろと言われそう。私がこんな相談をするのも不自然かも）

消して書き直さなければと思った時、ニュース速報を知らせる効果音が鳴った。

テレビはいつの間にかバラエティー番組に変わっていて、画面の上部に収賄容疑で多野元逮捕のテロップが出た。

（やっぱり逮捕されたんだ。でも思ったより早い。記事が出る前から警察も水面下で動いてたのかも。先に週刊誌に載っちゃって、逮捕を早めた。そんな感じ？）

速報に気を取られていると、うっかりメッセージを送信してしまった。

焦って取り消そうとしたが、その前に既読の文字が出る。

大和が読んだということだ。

（どうしよう。変に思われるかも。でも、どうでもいい内容だから、慌てなくていいか）

すぐに私用の携帯を確認できる状況のようで、大和は今、自宅にいるのかもしれない。いくら忙しくても、少しは休まないと倒れてしまう。

それならきっと電話がかかってくると思い、鼓動を高まらせて待つ。

しかし三十分経っても携帯は鳴らなかった。メッセージの返信もない。

（くだらない質問をしてくるなと思ってる？）

呆れられた程度ならまだいいが、別の意味も考えて顔色を悪くした。

（もう構うのはやめるという意思表示だったりして。警察庁の上官の娘さんに悪いから……）

告白もしていないのに、フラれた気がして胸が苦しい。

（仕事も恋もなにもかもうまくいかない。私って、ダメだな）

急に食欲がなくなって、残った弁当は蓋をして冷蔵庫にしまった。

まったく気分が乗らないが、パソコンを開き、多野元について調べたことを記事にする。

後追いになったが、少しでも収入は欲しい。

これまで何度かお世話になっている出版社の編集部に問い合わせると、買ってくれると言うので、仕上げた記事を送信して今日の仕事を終えた。

そのあとはシャワーを浴びる気力もなく、着替えだけしてソファベッドに横になった。

微かな期待を抱いてそっと携帯をチェックしたが、やはり大和からの返事はない。

(今日はショックが重なって疲れた。もうなにも考えたくない。早く寝よう)

暗い部屋の中で眠りが訪れるのを静かに待つ。

けれどもまぶたの裏に大和の顔が浮かんで泣きたくなる。

すると呼応するかのように、階下から配管を伝って子供の泣き声が聞こえてきた。

(直斗くんは今日も夜泣き。ほぼ毎日だよね。私だけじゃなく、みんな大変なんだよ)

抱っこで寝かしつけようと頑張っている美菜恵を想像し、誰もが苦しい時があって当然だと自分を慰める。

階下の音に耳を澄《す》ませていると、金槌でなにかを叩いているような鈍い音が交ざっていることに気づいた。

もっと音に意識を集中させると、ジージーと低く響く機械音もする。

思わず目を開け、床を見た。

(なんの音?)

なにをしているのか見当もつかなかったが、その夜は泣き声と不明な音を聞きながら大和を恋しく思い、一睡もできずに朝を迎えた。

＊　＊　＊

葵が井坂から連絡をもらった頃、大和は爆発事件に関連したテロ対策室で部下から報告を受けていた。

「加賀見参事官の推測通りでした。ただし、久地《くじ》がサバイバルゲームの社会人サークルに所属していたのは大学二年生の時から五年間だけで、今はやめています」

久地とは、火薬類取締法違反で逮捕された二十九歳の男性だ。

グループでテロを計画していたのではないかと疑って連日取り調べをしているが、自作花火を爆発させたという供述を変えようとしない。

だからといって手をこまねいているわけではなく、着々と捜査は進んでいる。

火災と消火活動の影響で使いものにならなかった久地のパソコンと携帯は、専門機関に依頼して内部のデータを一部、復活させることに成功した。

それを解析した結果、大和が睨んだ通り、テロ計画の証拠が出た。

来夏に首相を含めた国政の要人六人を同時に襲撃するという内容で、現体制を破壊し、軍部主導の強国を作りたいという危険な思想が読み取れた。

転職を繰り返していた久地は社会への不満を募らせていたようで、通っていたガールズバーの従業員が、『こんな世の中はおかしい。誰も俺を理解してくれない』と愚痴をこぼしていたと証言している。

サバイバルゲームのサークルに所属していないかを調べるように命じたのは、久地の自宅から黒焦げになった軍服十二着とモデルガン五丁を押収したからだ。

年上の部下からの報告は続く。

「サークルメンバーで今も久地と交流のある人物はいません。過去のメンバーを洗っている最中です」

コピーしてきたという名簿を渡されたが、きちんとしたものではなかった。

本名ではなくサークル内の呼び名で載せられていたり、連絡先にSNSのアカウント名しか書かれていなかったりと、掲載されている六十二人全員の所在を突き止めるのは時間がかかりそうだ。

「ご苦労様。引き続き、サークルメンバーの捜査にあたってくれ。それとは別方向からの捜査も始まる。人員が足りなければ言ってくれ」

「別方向とは？」

「先ほど他のデータも復活した。オンラインの戦闘ゲームに頻繁にアクセスした記録が残っていたんだ。その交友関係も洗わなければならない」

「了解しました」

部下が離れていき、名簿をパラパラとめくっていると、葵という名前を見つけて心臓が跳ねた。

もちろん別人だが、仕事中も何度も頭に浮かんでしまう葵の顔をなんとか忘れようと努めている最中なので心臓に悪い。

（まだまだやることがある。仕事に集中しなければ）

対策室を出た大和は、ふたつ隣のドアをノックして開けた。

五台のパソコンに囲まれた中に細身の男がひとり、椅子にあぐらをかいて座っている。

二十歳になったばかりの顔にはまだ少年のような幼さがあり、髪はボサボサ。長袖トレーナーにジャージズボンを穿いて、警察官らしくない風貌だ。

彼はサイバー犯罪捜査官の藪《やぶ》。

少年時代の遊びはハッキングで、何度も警察の世話になったという異色の経歴の持ち主だ。

『ホワイトハッカーにならないか？　その力は正義のために使うべきだ』

そう言って警察に誘ったのは大和だった。

人付き合いが極端に苦手な藪のために、この専用部屋を用意している。

「加賀見さん、こんばんは」

「藪くん、こんばんは」

一時間前にも会ったが、入室するたび挨拶する彼に合わせて返事をし、横に並んで画面を覗く。小さな数字やアルファベット、記号で埋め尽くされていて、大和でも意味は掴めない。

(天才は俺じゃなく、藪だ)

藪が細い指で、画面の中央を指す。

「すまないが説明してくれ」

「いいよ。戦闘ゲームのパスワードはここに書いてあるやつ。ユーザーネームはゲンスイ」

「元帥か。なるほど」

軍の最高階級を表すその名は、いかにも久地が好きそうだ。

藪がもう一台のパソコンの画面を指さす。

「こっちはゲンスイとチームを組んでプレイしていたユーザーたち。全部で三十五人いるけど、よく一緒にやってるのは五人。ゼブラ、ヤマモト、ユイユイ、ファルコン、フィリップ」

（ゼブラ？）

先ほど受け取った名簿の、葵という名の人物の下にもゼブラがいた。

（戦闘好きが狩られる対象の草食動物の名を選ぶのは珍しい気がする。同じ人物か？）

「ゲンスイのゲームの成績もいる？」

「それはいらない。ゼブラが気になるんだが、特定できないか？」

「楽しそうだね。やってみる」

にっこりと弧を描いたその目に画面の文字列が流れる。

読めないほどのスピードで画面を流したかと思うと、ピタッと止めてキーボードに指を走らせる。

おそらく藪には正義のために捜査しているという感覚はないだろう。

得られた情報にも興味はない。ハッキングするのを純粋に楽しんでいるだけだ。

「ねぇ、お腹空いた」

「なにが食べたい？」

「弁当と野菜ジュースとチョコパイを届けさせる。待てるか？」

「チョコパイ」

「うん」

無垢《むく》な笑顔を見せた天才ハッカーの部屋を出て、対策室に戻る。

時刻は二十時半。広い会議室には長机が三十ほど置かれ、十七人が残って仕事をしていた。

ひとりに藪のお使いを頼んでから、先ほどの部下に声をかけ、こちらにも名簿にあったゼブラという人物から先に調べるよう命じた。

「三十分、外出する」

そのあとは対策室を出て足早に階段を下り、外へ出た。

時間は惜しいがシャワーを浴びて着替えるために、庁舎からほど近い自宅に時々帰っている。

冷たい夜風にあたると少しの解放感を味わえ、気分転換にもなる。

自宅へと向かいながらビルの隙間に見えた月に向け、長い息を吐いた。

（葵は今頃、なにをしているだろう）

仕事中でさえ葵の顔が浮かぶのだから、庁舎を出ると頭の隅に寄せるのはもう無理だ。

（たしか二課が多野元逮捕に動いていたな。今回もスクープを取れなかったと落ち込んでいるだろうか）

電話して慰めたい気持ちをこらえる。

（葵から離れないと）

今後、少しずつ距離を取り、遠くから見守るだけの存在になるつもりだった。

葵を愛しているからだ。

恋愛感情があるのを自覚して、今後、葵との関係をどうしようかと迷っていた時にホテルで会ってしまった。

あの時は葵の身の安全のため、多野元に見つからないようにと部屋に入れたが、閉ざされた空間でふたりきりになった途端、いつもの調子で話せなくなった。

出会った時から変わらず葵は可愛い存在だが、今は顔を見るとどうしても鼓動が高まり、恋人として隣に置きたくなる。

その欲望をセーブするのに、思いのほか苦労した。

しかし、大和の気持ちを少しも知らない葵にベッドを勧められてしまった。

もちろん寝不足を心配していただけだとわかっているが、欲望の制御に苦心している中で言われると、手を出したくなって困る。

極めつけは、あの言葉だ。

『意味はわかるよ。大人だもの。ずっと子供じゃないってわかってほしかった。大和さんとなら私、同じベッドで寝られるよ』

妹扱いすると葵はいつも反発する。

あの時の誘うような言葉に深い意味はないとわかっているが、それでも男心に火をつけるには十分だった。

抱きしめたい欲望に駆られ、自制が効きにくくなっているのを自覚してひどく焦った。

歳が十も離れている上に十三年も兄のように関わってきたのだから、葵の方は大和を異性として見られないだろう。それがわかっているのに触れたい気持ちが膨れ上がり、このままでは傷つけてしまうと恐れた。

(葵を守ってきたつもりだったが、今一番危険な存在は俺だろう。傷つけたくない。不自然に思われないよう、少しずつ距離を取らなければ)

会いたい気持ちに蓋をして五分ほど歩き、自宅のあるマンションに着いた。

１ＬＤＫの部屋は物が少なく寂しい印象だが、自宅で過ごす時間が少ないのでこれでいい。

シャワーを浴びて着替えをし、すぐにマンションを出て庁舎へと急ぐ。

その間も葵を想っていると、スーツのジャケットの内ポケットで私用の携帯が震えた。

信号待ちで確認すると葵からのメッセージで、途端に心臓が大きく波打った。

（なにがあった？）

喜びよりも心配が先に立つ。

葵から連絡がくることは滅多にないからだ。

急いで読むと予想外の内容で驚いた。というより意味がわからない。

柄と色を相談されたが、なにについてなのかが書かれていなかったからだ。

二度三度、読み返して眉根を寄せていると、後ろから声がかかった。

「加賀見、信号とっくに青だけど」

横に並んだのは井坂だ。

コンビニ弁当やパン、ペットボトルの飲み物が入ったレジ袋を提げているので、夜食を買って庁舎に戻るところなのだろう。

爆発事件のあとに殺人事件が二件発生したので、一課もなかなか忙しそうだ。

「井坂か。おつかれ」

「お互いさまだね。デートの予定も入れられない。それ、私用の携帯？　難しい顔でなに見てたんだ？」

「大したことじゃない」

「嘘だね。お前が眉間に皺を寄せている時は大抵、葵ちゃんがらみで悩んでる。葵ちゃんから早速――じゃなかった。久しぶりに連絡が来たんだろ？」

「おい！」

携帯を持つ手を捻《ひね》られ、強引に画面を覗き込まれた。

「ん？　どういう意味？」

「わからない。だから考え込んでいたんだ」

赤に変わる前にと歩き出し、横断歩道を渡り切ったところで井坂が指を弾いた。

「そういう意味か。葵ちゃん、やるな」

再び足を止めると、井坂が目を弓なりにした。

「色と柄とレースといえば、下着だよ。お前の意見が聞きたいって可愛い誘い方だな」

聞いた瞬間、目を剥《む》いた。

（下着の相談？　男の意見が聞きたかったのか？）

「加賀見？」

「誰に見せるつもりで買おうとしてるんだ。まさか、俺に相談せずに男と付き合おうと……」

「自分のためだとどうして思わない？　おーい、聞こえてる？」

焦りに突き動かされるように歩調を速め、湧き上がる嫉妬と闘う。

（葵を誰にも渡したくない。だが、傷つけたくもない。葵が俺に惚れてくれるのが一番だが――いや、それより今は、なんとか時間を作って会いに行かなければ。葵のことだから、おかしな男に引っかかったのかもしれない。深い関係になる前にやめさせなければ）

「面白いから放っとくか。まったく似た者同士だな」

斜め後ろから井坂の声が聞こえていても、頭の中まで届かない。

庁舎はすぐ目の前で、足を踏み入れれば捜査以外で悩んでいる暇はないのだが、葵の顔が頭から離れてくれそうになかった。

カーテン選びを口実に大和にメッセージを送ったのは、二日前になる。眠れずに一夜を過ごした翌日も返信はなく落ち込んだが、今は半分諦めの心境だ。

（上官の娘さんとの結婚、話が進んでいるのかも。私と連絡を取り合っていたら相手の人は嫌だろうし、距離を置こうとするよね。わかるよ。わかるけど！）

気持ちのもう半分は怒りで、直接ぶつけられない文句が心の中を渦巻いている。

（だったら、今後は会えなくなると言ってよ。もしかすると私の思い過ごしで、仕事が立て込んでいたから返信できなかっただけで、今日は『遅くなってすまない』という連絡がくるかもって、何度も携帯を見ちゃうじゃない！）

怒りを力に変えて重たいごみ袋を持ち上げた。

今日のアルバイトは引っ越し屋で、三十分ほど前に現場での仕事を終え、他の作業員と一緒にワゴン車で事務所に戻ってきた。

そのあとは暗くなった寒空の下の駐車場脇で、ゴミの分別をしている。引っ越しで出た不用品やゴミの処分も有料で請け負っているからだ。

十八時になると、制服姿の事務員が声をかけに来た。

「時間になりましたので、アルバイトの方は上がってください」

「はい。お先に失礼します」

日給で六千円をもらい、着替えをして事務所を出た。

駐車場で愛車にまたがる前に携帯を出し、ため息をつく。

（ほらね、返信なし。わかってた。もう期待してないから平気）

苦しい心にそう言い聞かせ、ヘルメットをかぶったその時、ポケットに入れたばかりの携帯が鳴った。

ハッとしたが、これ以上落ち込みたくないので、大和以外の知り合いの中から電話をかけてきた相手を予想する。

（きっと沢ちゃんだ）

多野元の件で他のライターに負けたことは、わざわざ報告しなくてもわかっているだろう。新しいネタを買わないかという連絡だと考えた。

（私もそうしようと思っていたからちょうどよかった——って、大和さん!?）

一気に心の靄が晴れた。

眠れないほど落ち込んだ分、泣きたいほどに嬉しい。

けれども結婚が決まったと言われる可能性もあるので、心に盾を構えて恐る恐る電話に出る。

「もしもし」

『俺だ。今、どこにいる？』

「引っ越し屋。バイトが終わってこれから帰るところ」

『このあとの予定がないなら——いや、すまないが予定があってもこっちを優先してくれ。今すぐ、お前に会いたい』

独占欲や恋愛感情があるかのような言い方に心臓を大きく波打たせてしまったが、大和のことだからそういう意味ではないはずだ。

それでも会えると思うと心が弾んだ。

「用事はないからいいよ。もしかしていつものお寿司屋さんに予約を入れてくれてた？」

『いや、寿司屋はまた今度、時間がある時に行こう。今日はお前の家に行く』

この前の引っ越しは例外として、祖母が亡くなって以降、葵のひとり暮らしの家を大和が訪ねるのは珍しい。

「どうして、うちなの？」

『俺に入られたくない事情があるのか』

「そうじゃないけど――」

『ならいいだろ。ふたり分の弁当を買って行く。それじゃ、あとでな』

一方的に決められて電話が切られ、目を瞬かせた。

(今日はなんだか強引。変なの……あっ、急がないと)

警視庁から葵の自宅までと、ここからの帰宅の距離はだいたい同じくらいだ。

大和の行動はいつも素早いので、寒空の下で待たせないよう急いで愛車にまたがった。

それから二十分ほどして、久しぶりに会える喜びと結婚報告をされるのではという恐れを抱え、アパートの前に着いた。

駐輪スペースに愛車を止めて正面玄関に向かうと、目の前にタクシーが停車して大和が降りてきた。

スーツに黒いコート姿の彼はいかにも仕事ができそうな雰囲気で、頼もしい立ち姿に鼓動が速度を上げる。

精悍な眼差しを向けられると頬が熱くなり、恋心の制御が日に日に難しくなっていると実感した。

それでもなんとか平静を装って声をかける。

「仕事帰りでしょ？　忙しいなら無理して会ってくれなくていいのに」

「そういうわけにいかないだろ」

怒り顔ではないが、口調にほんの少し苛立ちを感じた。

せっかく会いに来てくれた彼に可愛くない言い方をしたせいではない。

大和はそんな些細なことで怒らない人だから。

（どうして不機嫌なの？）

なにかやらかしただろうかと振り返ってみたが、二日前にカーテン選びの件で相談しただけだ。しかもそれについてはひと言も返信がなく、怒る権利があるとするなら葵の方だろう。

「行くぞ」

先に玄関を潜った大きな背を追う。

すると前から誰かが来たようで、足を止めた大和が郵便受けの方に体を寄せて進路を譲り、葵の手を引いた。

こんなの慣れているはずなのに、繋がれた手を必要以上に意識してしまう。

「すみません。あら、高野さん？」

会釈して通り過ぎようとした女性は美菜恵だった。

「こんばんは」と挨拶を交わしたあと、チラッと大和を見た彼女の視線が葵に戻された。

どちら様かと問われた気がして答え方に迷う。

(兄ではないし、友人という感じでもないし、大和さんをなんと紹介すればいいんだろう?)

「この人は、ええと――」

口ごもってしまうと、察したように美菜恵が言う。

「ごめんなさい、詮索する気はなかったんです。彼氏さんですよね?」

(そう見えるの?)

一瞬、喜んだが、大和は嫌だろうと気にした。

勘違いを否定しなければと思った時、先に彼が口を開く。

「そうです。一階の方ですか?　葵がお世話になっております」

(えっ!?)

「素敵な彼氏さんですね。高野さんもおきれいなのでお似合いです」

(ええっ!?)

「それでは、これで。ちょっと出かけてきます」

今日もまた、夫と子供が入浴している間に買い物だろうか。

足早に出ていった美菜恵を大声で引き留めたい気分にさせられた。

（勘違いしたまま出ていかないで。大和さんとふたりきりなのが、すごく気まずいんですけど！）

「早く来い」

大和はさっさと階段を上り始めている。

（なにも気にしてないみたい）

彼氏かという問いを肯定したのは、関係を説明するのが面倒だったからではないだろうか。

その推測が当たっているかは聞けず、大きな背を追いながら心を落ち着かせようとした。

自分の部屋の玄関ドアを開けて中に入り、照明のスイッチを押す。

「今、エアコン入れるね。狭いからすぐ暖かくなるよ」

「寒くはないがお前に任せる。部屋の中、少し見せてもらうぞ」

「うん――えっ、なんで？」

リモコンを手に振り返ると、大和が浴室を覗こうとしている。

洗面台と浴槽、トイレが一体となった狭いスペースの照明が点けられて慌てた。

「ちょっと待って！」

駆け寄って大和の腕を引っ張り、中に入られるのを阻止すると、眉間に皺を寄せられた。

「俺に見られて困るものがあるのか？」

「あるよ。今、片づけるから待って」

「シェーバーやふたり分のハブラシを隠す気か？」

「なに言ってるの？　ひとり暮らしなのにそんなのあるわけないでしょ」

今朝、干した洗濯物がある。

もちろん下着も吊《つ》るしているので、大和に見られるのは恥ずかしい。

けれどもとんちんかんな疑惑を抱かれたせいで、思わず下着を指さした。

「私が隠したいのはアレだよ」

自ら彼の視線を誘導しておきながら、ハッとして悲鳴を上げる。

「キャーッ！　見ないで！」

すぐに浴室に背を向けてくれた大和が、片手で目元を覆った。

「見た？」

「いや――」

「嘘だ。絶対に見たでしょ」

「すまない」

顔に熱を集中させながら、ピンチハンガーから洗濯物を外して隠すように抱きしめる。

薄いピンクのブラとパンティのセットは二年ほど使っているので多少、型崩れしている。

（もっと新しくて可愛い下着もあるのに。そっちを干しておけばよかった）

クローゼットに洗濯物を片づけながら、チラッと大和を見ると、なにかを探すような視線を部屋中に巡らせていた。

家宅捜索を受けている気分でムッとする。

「なにを心配してるの？　シェーバーにハブラシって、まさか私が男性と一緒に住んでいると思ってるの？」

思えば外食ではなく、家に行くと言った時点から様子がおかしかった。

「この部屋に入った男性は大和さんだけだから。交際相手もいないのに、男性が泊まるわけないでしょ。なんで疑うの？　意味がわからないんだけど」

ソファベッドに腰かけてじっと見つめると、彼が向かい合わせで床に座った。

その口角は不満げに下がっている。

「二日前のお前からのメッセージのせいだ。男ができたのかと思うだろ。杞憂だったようだが、焦らせるな」

「へ？　カーテンの相談をしただけで、どうして彼氏ができたと思うの？」

「カーテン？　ひと言も書いてなかったが」

大和がポケットから携帯を出し、葵からのメッセージを表示させてこちらに向けた。

改めて読み返すと、たしかにカーテンとは書かれていなかった。

「ごめん、書き忘れてた。文筆家の端くれなのに恥ずかしい」

きっと意味がわからず困惑したことだろう。

「なんの相談なのかずっと考えていて、返事ができなかったの？」

「まぁ、そんなところだ」

「聞いてくれたらよかったのに。それで、どうしたら私に恋人ができたという誤解に繋がるわけ？」

手元に視線を落とした彼が、少し間を空けて答える。

「もういいだろ。問題はすでに解決したんだ」

教えてくれないのは子供扱いしているせいかとムッとしたが、彼の頬が微かに赤みを帯びているのに気づいた。

(なんで恥ずかしそうなの?)

「腹減ってるだろ。まずは食べよう」

ごまかすかのように言った大和が、床に置いていた紙袋に手を伸ばした。

中から出されたのはふたり分のうな重だ。

ペットボトルの緑茶と一緒にローテーブルに並べてくれる。

彼の手で蓋が開けられると、ふんわりと甘辛いタレの香りが広がった。

「山椒《さんしょう》は?」

「かける!」

角を挟んで大和の隣に座る。

久しぶりの豪華な夕食に心奪われた途端に、勘違いを追及する気が失せた。

(まぁいっか。焦って恋人の気配を確かめに来たからといって、嫉妬じゃないもの)

大和のことだから、おかしな男に引っかかったのではないかと余計な心配をしたのだろう。

過保護な兄役を降りる気がないのはわかっているので、期待は少しも持てなかった。

ライターの仕事やアルバイトについて色々と質問され、それに答えながらうな重を楽しむ。

「最近の私はそんな感じ。大和さんは？」

どうせ話してくれないだろうと思って聞いたのだが、「爆発関連の事件を追っている」と言われて驚いた。

「詳しく聞いてもいいの？」

「報道されている以上のことは言えないが」

「だよね。ニュースは見てるからいい」

それでも嬉しい。

てっきり『俺のことはいい』と言われると思っていたからだ。

子供扱いをやめてくれたとまでは言えないが、彼の小さな変化を感じて欲張った。

「仕事をしていない時はなにしてるの？」

「自宅にいる」

「掃除や洗濯？」

「ああ。あとは着替えとシャワー、睡眠、そのくらいか」

「家にいる時間が少なすぎでしょ。大和さんは根っからの仕事人間だよね。寝てる時間以外はずっと捜査について考えてそう」

それが好きならなにも言うことはないけれど、葵には彩りが足りない人生に感じられる。

（恋がしたいと思ったことはないのかな……）

すると、箸を止めた大和に真顔を向けられて戸惑った。

「怒ったの？　仕事中心の生活がダメとは言ってないよ」

「一日中、仕事について考えているわけじゃないと思っていただけだ」

「そうなの？　それじゃ、なにを考えてるの？」

かつて大和がこんなにも自分について話してくれたことがあっただろうか。

嬉しくなって質問を重ねると、精悍な目が緩やかに弧を描いた。

「今頃、葵はなにをしているだろうとよく考える。お前の顔が頭から離れなくて、仕事に集中できずに困る時がある」

（そんなに私のことを？）

たちまち胸が高鳴った。

これも兄心からだとわかっているのに、いつか両想いになれる日がくるのではないかと期待してしまう。

「気になるなら、連絡してくれればいいのに」

「いいのか？　俺に干渉されるのが迷惑なんだろうと思っていたんだが」

「いいよ。早朝でも夜中でも、大和さんからの電話は嬉しいから。いつも反抗的でごめんね。でも、本当は、もっと一緒にいたい」

今まで言えなかった気持ちが口をついて出た。

（大和さんが思わせぶりなことを言うから……）

彼が離れていくのが怖くて告白できないのに、現状維持の関係もつらくなってきた。これまでは絶対に恋心に気づかれてはいけないと思ってきたが、今はほんの少しだけ伝わってほしい気もする。

箸を持つ手は微かに震え、大和の顔を見られずうつむいた。

「葵――」

呼びかけてくれた彼だが、続く言葉が見つからないのか黙ってしまった。

（どうしよう、変な空気にしちゃった。この前のホテルの時みたいに、笑ってごまかそうか）

動揺して心臓を波打たせていると、子供の泣き声がした。

葵が顔を上げるのと同時に、大和が怪訝《けげん》そうにキッチンを見たので説明する。

「配管を伝って下の部屋の音が響くの。正面玄関で会った人のお子さんだよ。旦那さんと三人家族」

まだ寝かせるには早い時間だと思っていると、泣き声はすぐにやんだ。

「家族でワンルームに住んでいるのか？」

「一階は半地下がついた二部屋の間取りなんだって。私も入居するまで知らなかった」

夜泣きで少々困っている話をしたが、美菜恵に悪いと思ってフォローも付け足す。

「夜泣きで一番大変なのは親だから、毎晩頑張っていて尊敬する。でも、気になる音はそれだけじゃないんだよね」

「どういう意味だ？」

金槌でなにかを叩いているような鈍い音と低く響く機械音。

泣き声にかき消されそうな小さな音だが、一旦気づくと意識して耳を澄ませてしまう。

昨夜も同じ音がして、寝不足なのになかなか寝つけなかった。

子供が泣いて夫妻のどちらかがあやしている時に、もうひとりがなにか音の出る作業をしているということだろう。

子供の睡眠のために静かにしたほうがいいと思うのだが。

「ドンドン、カンカン、ジージー。毎晩、なにしてるんだろう……」

美菜恵に会った時に聞けばいいのかもしれないが、苦情と捉えられそうで言いにくい。

「どんな夫妻なんだ？　仕事は？」

「奥さんはたぶん専業主婦で旦那さんは会社勤めかな。朝、スーツ姿で出かけていたから。どんなと言われても、普通だよ。旦那さんは三十歳くらいに見える。標準体型で眼鏡をかけているくらいしか特徴がなかったけど」

美菜恵とは会えば少し話をするが、夫の方は引っ越しの挨拶をした時しか言葉を交わしていないので、顔もぼんやりとしか浮かばない。

ひとつだけはっきりと言えるのは、ごく普通のどこにでもいそうな夫婦という印象だ。

「夜はうるさいけど、縞森さんは悪い人じゃないから警察官の顔をするのはやめてあげて」

「シマモリ？　漢字と下の名前は？」

「縞模様の縞に、木が三つ。奥さんは美菜恵さんだった気がする。旦那さんの名前は知らない。ねぇ、なにを気にしてるの？」

「縞模様――」

なぜか大和の目つきが険しくなった。

葵から聞いた情報となにを結び付けたのか知らないが、頭の中で縞森夫妻の捜査を開始したのがわかる。

急に立ち上がった彼がこの部屋の鍵を手に玄関に向かう。

「外で電話してくる」

「う、うん」

（縞森さんって一体……）

普通の夫妻に見えたが、もしかすると前科があるのではないかと急に不安になる。

名前を教えた途端に大和が動き出したからだ。

十分ほど経って大和が戻ってきた。

靴を脱いでいる彼のもとに駆け寄り、夫妻の犯罪歴について問いかけた。

「前科はないが、お前が言った夜間の物音が気になるから調べる」

「それだけで？」

答えないということは他にも理由があるのだろう。

「葵に頼みがある」

「なんの音って、縞森さんに聞きに行けばいいの？」

まさか自分が大和の仕事の役に立てると思わなかった。

階下の夫妻に感じた不安よりも喜びが勝り張り切ったが、違うようだ。

「直接、聞くのはダメだ。俺の予想が当たっているとしたら、証拠を消される恐れがある。この部屋から階下を調べたい。しばらく俺を泊めてくれ」

「わかった――って、えっ⁉ 一緒に住むってこと？」

思いもしない頼みごとに目を見開いた。

ふたりで夕食を食べるだけでときめいたり、緊張したりと心が忙しいのに、一緒に暮らせば倒れてしまうのではないだろうか。

長時間、平静を装える自信もなく、恋心に気づかれる心配もある。

返事ができずに固まっていると、彼の凛々しい眉尻が下がった。

「迷惑だよな。すまないが、葵は捜査終了までホテル泊を――」

「ううん、大和さんと同棲《どうせい》したい」

気づけばそう口走っていた。

色々と心配はあっても、これが最初で最後のチャンスだと思ったからだ。

（一緒に住めば、女性として意識してもらえるかも）

大和が驚いた顔をした。

〝同棲〟は捜査が目的の彼に使う言葉ではなかったようで、慌てて言い繕う。

「私の姿がないのに、大和さんだけ出入りしていたらおかしいと思われるよ。警戒されて、証拠を消されたら困るんでしょ？　だから私もここにいる。縞森さんに彼氏だと誤解されてよかったね。それで、その……」

偽りでも大和を彼氏というのは恥ずかしい。

顔が火照って目を逸らし口ごもると、頭に大きな手がのせられた。

「ありがとう。しばらく世話になる」

「うん」

ホッとしたように微笑する彼に胸がときめく。

照れ笑いしながら、同棲に期待を膨らませたが、その前に確認しないといけない心配事がある。

「大和さん、あのね、すごく聞きにくいんだけど」

「なんだ？」

「お見合い、したんでしょ？　上官の娘さんと。もしその人と結婚するなら、一時的でも私と一緒に住んでいいのかなと思って……」

　怖くて心臓が嫌な音を立てる。

　それでも意を決して問いかけると、途端に彼の眉間に皺が寄った。

「とっくに断った話だが、誰に聞いた？」

「えっ、断ったの？　でも井坂さんが、出世に有利な結婚で、断るのはリスキーだって」

「井坂か。真に受けるな。実力があれば階級は上がる。昇進のために好きでもない女と結婚はしない」

「そっか。よかった……」

　心底ホッして、その場にへたり込んだ。

　二日間の苦しみと強い緊張から解き放たれると、半ば放心状態になる。

　すると恋心を隠そうという気持ちが薄れ、素直な想いが口をついて出た。

「しばらく連絡がなかったから、本当に結婚するのかもってすごく不安だった。もう会ってくれないかもしれないと思って。お願い、これからも私のそばにいて」

　涙腺が緩みそうになり、目頭に力を込めて耐える。

　ひどい顔を見られたくないのに、目の前で彼が片膝をついた。

「葵」

たくましい二本の腕が背に回され、心臓が大きく波打つ。

抱きしめられたのはいつ以来か。

子供の頃とは違い、無邪気に喜べない。

激しい動悸で息苦しくなりながら、動揺を深めた。

(この手の意味は……?)

兄以上の想いを感じるのは気のせいだろうか。

ワイシャツの襟元から香るのはボディソープとほのかな汗の匂い。

葵にはどんな香水よりもときめく香りで、恋心を制御できずに自分も腕を回してしがみついた。

すると微かに息を呑むような音がして耳元で囁かれる。

「葵が望んでくれるなら、一生そばにいる。俺もお前を手放したくないんだ」

過保護な兄としての言葉なのはわかっているが、恋愛感情があると期待させるような響きを感じて思わず心臓を波打たせた。

どんな表情で言ったのだろうと体を少し離してその顔を覗き込む。

するといい雰囲気を壊すかのように眉根を寄せられた。

「井坂から俺の話を聞いたと言ったな。連絡先を交換してたのか？」

「う、うん」

寿司屋で三人で食事をした時に交換したと打ち明けた。

一年以上も黙っていたのを叱られる気がして、焦って弁解する。

「電話がかかってきたのは初めてだよ。余計なことを言ったせいで、大和さんが私と距離を置こうとしたらごめんねと謝られただけだから。でも自分の知らないところで話されるといい気はしないよね。井坂さんの連絡先、消した方がいい？」

渋い顔をしながらも大和が首を横に振った。

「無理に消さなくてもいい。あれでも井坂は信用できる男だ。冗談好きでお節介なのは難点だが」

普段から井坂に困らされているのだろうか。

なにを思い出しているのかわからないが、やられたと言いたげに口の端を下げたから、おかしくなってクスクスと笑った。


大和と一緒に暮らすようになって四日が経つ。

暦《こよみ》は十二月に突入し、日暮れの繁華街はクリスマスカラーで彩られていた。

ジュエリー店のショウウィンドウには雪の結晶やベルの飾りが貼られ、腕を組んだ若いカップルがその前を笑顔で通り過ぎる。

（いいな。私も大和さんと、あんなふうに歩きたい）

先ほどまで大手出版社に出向いていた。

知り合いの編集者に会い、ちょっとした仕事をもらったのだ。

権力者の汚職スクープはごろごろ転がっているわけでなく、沢からいいネタが入ったと連絡が来るまでの繋ぎとして、話題のスイーツや便利グッズの紹介などの記事も書く。

今は出版社からの帰り道で、信号が青に変わったので、ラブラブな恋人たちから視線を外して愛車のアクセルを開けた。

アパートに帰り着くと、正面玄関前でまた美菜恵と鉢合わせた。

今日は抱っこ紐の中に厚着をさせた直斗を入れている。

「高野さん、こんばんは。仕事帰りですか？」

「は、はい」

大和が教えてくれないので、縞森夫妻にどんな嫌疑がかけられているのかわからない。

『普通にしてろ』とだけ言われているが、本人を目の前にするとどうしても緊張する。

「直斗くん、こんばんは」

　様子がおかしいと思われては困るので作り笑顔で子供に声をかけたが、不満げな声を出され顔を背けられてしまった。どうやら今は機嫌が悪いらしい。

「ごめんなさい、いつもこのくらいの時間からぐずるんです。今日は買いたいものはないけど、直斗の気分転換にスーパーマーケットまで行こうと思いまして」

　小さい子のいる家庭は大変だと思って聞いていると、美菜恵が探るような目をした。

「昨日と今朝、ゴミ捨ての時に、高野さんの彼氏さんを見かけたんです。スーツを着ていらしたので、高野さんの部屋からご出勤なのかなと思いまして。ずっと一緒に暮らすんですか？」

「えっ、えーと、しばらくはそんな状況かもしれないです。うるさくはないと思うんですけど、気になります？」

「いえいえ、仲がよさそうで羨ましいと思っただけです。うちの方が夜泣きでずっとうるさいですよね。ご迷惑をおかけしてすみません。あの、ワンルームでふたり暮らしは狭いんじゃないですか？　もう少し広い間取りのアパートにした方がいいんじゃないかと……余計なお世話でしたらすみません」

また引っ越しを促すような言い方をされて気になった。この前は夜泣きで迷惑をかけているのを理由に、近隣にも単身用のマンションがあると勧められた覚えがある。真上が空き部屋であってほしいと思っているようだ。

(怪しい。なにが怪しいのかはわからないけど)

「そうかもしれないですね」と曖昧《あいまい》な返事をすると、美菜恵は会釈してスーパーマーケットのある方へ歩き出した。

その数メートル後ろをラフな格好の若い男性が歩いている。ただの通行人を装っているが、おそらく公安警察官だろう。縞森夫妻には常に見張りがついているようだ。

階段を上った葵は、自宅の鍵を開けた。

(大和さん、もう帰ってるかな)

美菜恵の夫が出勤している日中は不審な物音がしないので、大和も登庁しているが、夕方に帰宅して夜間はこの部屋から特殊機材を使って階下の様子を探っている。

小さな玄関には黒い革靴が一足、揃えて置かれていて、室内は明るかった。

「おかえり」

思わず笑顔になるその声は、ドアが閉まった浴室から聞こえてきた。

どうやらシャワーを浴びたところのようで、すりガラスの戸が開くと、バスタオルで髪を拭きながら大和が出てきた。

その姿に大きく心臓が波打つ。

私服の黒いストレートパンツのみで、上半身は裸だったからだ。

無駄な脂肪のない引き締まった体躯《たいく》に目が釘付《くぎづ》けになる。

平静でいなければと思っても、ひとつ屋根の下で男性と暮らしているという状況を意識しないわけにいかなかった。

「シャワー、借りたぞ」

「う、うん。生活費たくさん出してもらってるから、どうぞお構いなく」

（あ、間違った。どうぞご自由に、だった）

いつも通りのすまし顔をしている彼とは違い、動揺しておかしな返事をしてしまった。

ツッコミはなくフッと笑われただけだが、その微笑にもときめいて動悸がおさまりそうにない。

（心臓が壊れないか心配）

残念ながら一緒に暮らしても、甘い雰囲気にはならない。

夜間、大和は仮眠を取るだけでずっと捜査をしているからだ。

葵は話しかけたいのを我慢して、自分もライターの仕事をしたり、邪魔にならないよう早めに寝たりしていた。初日は寝顔を見られるのが恥ずかしくて、なかなか寝つけなかったけれど。

仕事をする姿はかっこよすぎて胸が高鳴るし、『おやすみ』『おはよう』と声をかけ合うだけで照れくさく、シャワーを浴びてパジャマに着替えるのはもっと恥ずかしい。

（ドキドキしているのは私だけなんだろうな）

兄妹のような関係を崩すのが怖いという思いと、女性として意識されたいという思いはまだ両方心の中にあるけれど、そのバランスは後者の方が強まっている。

大和の恋愛対象に入りたい――その思いが同棲を開始してからどんどん膨らんでいるのを感じていた。

上官の娘の件は解決したからといって安心できない。

誰にも取られたくないのなら、自分が彼の恋人になるしかないのだ。

なんとかこの機会に妹ポジションから抜け出さなければと意気込んでいるけれど、恋愛初心者なので自分から迫ることはできそうにない。

大和が窓側に置いてある大きめのバッグの中から、黒い長袖Tシャツを出して着ようとしている。

たくましく美しい筋肉質の背中に抱きつく勇気はなく、ただ頬を熱くして着替えが終わるのを見届けるしかできなかった。

(意気地なし。大和さんにもドキドキしてもらわないと、恋愛対象に入れてもらえないのに……)

「どうした?」

振り向いた彼に問われた。

いつまでも玄関に突っ立っていたからだろう。

「なんでもない。お腹空いた。ご飯、どうする?」

(あなたの裸を見ながら悩んでました。なんて言えないよ)

結局、ごまかし笑いをし、意識を恋愛以外のことに向けるしかできなかった。

夕食は彼が宅配を頼んでくれた有名店のカレーライスだ。

大好物のエビが入ったカレーは魚介の濃厚な旨味が広がる絶品で、他愛ない話をしながら楽しく食べ終えた。

それから数時間が経ち、パジャマ姿の葵はベッドに腰かけている。

ヘッドホンを耳に当てた大和はキッチンの配管と床に特殊機材をセットし、傍らに置いたノートパソコンを操作している。

階下の音を録音し、警視庁に送って解析するのだろう。

捜査に協力しているのに、彼はなにも教えてくれない。

仕方ないのはわかっているから責めないが、壁がある気がして少し寂しい。

(でも『俺のことはいいから』とは言わなくなった。さっきの夕食の時だって、学生時代は週三回、学食のカレーを食べていたって話してくれたもの。少しは進歩してる……よね？)

落ち込まないよう自分を励まし、捜査中の背中に声をかける。

「先に寝るね。おやすみ」

「おやすみ」

気を遣って天井の照明を消してくれた彼だが、こちらを見ようとしない。

警視庁の備品だというデスクライトの明かりだけつけ、葵に背を向けてパソコン前の床にあぐらを組んでいる。

(同じ部屋で寝ても、大和さんはドキドキしないんだ。色気がないのはわかっているけど、少しくらい意識してくれてもいいのに)

妹ポジションからどうやって抜け出せばいいのかと、横になって考えているうちに夢の中に落とされた。

暗闇の中に自分がいて、トンネルの出口のように十数メートル先がぽっかりと明るい。

大和が出口に向かって歩いているのが見え、その背に呼びかけた。

けれども振り向いてくれない。

走って追いかけようとしたが、泥の中を進んでいるかのように足が進まず、必死に手を伸ばした。

「待って、待ってよ——置いていかないで、大和さん！」

「葵！」

呼びかけられてハッと目を覚ますと、薄暗い部屋の中で彼がベッドの横に片膝をついていた。

「うなされていたぞ。大丈夫か？」

心配そうな顔がそばにあり、たちまち動悸が始まる。

間近で寝顔を見られたのが恥ずかしく、笑ってごまかした。

「怖い夢だった気がするけど、もう忘れちゃった。寝言も言ってた？」

「俺の——いや、はっきりとは聞き取れなかった」

大和の首にはヘッドホンがかけられている。

彼の名を叫んだ記憶がぼんやりと残っているが、聞かれなくてよかったとホッとした。

「今、何時？」

「三時四十分」

「大和さんはまだ寝ないの？」

眉尻を下げて問いかける。

徹夜には慣れていると前に本人が言っていたが、明らかに働きすぎだ。

昼間は庁舎で働き、夕方からはこの部屋で捜査にあたり、仮眠程度の睡眠しか取れない日が四日も続いている。

心配する葵の頭に、大きな手がのせられた。

「下の部屋の動きがなくなったから、俺も休もうと思っていたところだ。葵ももう一度、寝てくれ」

撫《な》でてくれる温かい手に胸がときめく。

立ち上がった彼はキッチンへ戻るとノートパソコンを閉じ、そこで寝袋を広げた。

（そんな狭いところで寝てたんだ）

高身長で手足も長い彼には窮屈だろう。

睡眠時間が短いならなおさら、楽な姿勢で寝てほしい。

そう思い、ベッドに身を起こした。

「大和さん、私が寝袋を使うからベッドで寝て」

「いや、いい。気を遣わせてすまないな」

「ダメだよ。狭いし床は硬いし、体が休まらないでしょ」

「大丈夫だ」

寝袋に片足を入れている彼のそばに行き、腕を引っ張った。

「ベッドを使って。お願い」

「葵を床で寝かせるわけにいかない」

暗くても彼が困り顔をしているのがわかる。

それでも、そんな理由で遠慮されては余計に後に引けなくなる。

「ベッドを使ってくれないなら、私もここで一緒に寝るから」

強引に寝袋に片足を入れると、体が密着して心臓が波打つ。

（もしかして、すごく大胆なことしてる？）

意識した途端に弱気になり、恐る恐る横を見る。

大和は片手で顔を覆っていた。

（呆れてる？　ううん、なにか違う）

どうしようかと迷っているような雰囲気だ。

数秒して小さく嘆息した彼が、寝袋を出てベッドに移動した。

葵の提案を受け入れてくれたのかとホッとしたが、暗がりの中から艶のある声で呼ばれる。

「葵、ベッドで一緒に寝よう」

（えっ……!?）

どうせ一緒に寝るのなら、床よりベッドの方がいいと判断したのかもしれない。

彼にとってはただそれだけでも、恋をしている葵は共寝を強く意識した。

急に恥ずかしくなり、怖気づく。

「そのベッド、狭いから無理だよ」

「背中合わせで横向きになろう。それなら大丈夫だ」

（大丈夫じゃない）

考えただけで顔に熱が集中した。

「おいで」

「私は寝袋で——」

「その選択肢はない」

「でも！」

大和が携帯のライトをつけて立ち上がり、窓際へ行く。

その明かりを頼りに自分のバッグをゴソゴソと探り、なぜか黒革の財布を取り出した。それを手に戻ってきて、寝袋から離れようとしない葵の前でしゃがむ。

（なに？　お小遣いはいらないよ）

意味がわからず戸惑っていると、財布の中から細長い紙きれを出された。

五枚つづりのチケットのようなもので、見るからに手作りだ。

【添い寝券。一回一時間】という文字に見覚えがあり、ハッとした。

「子供の頃に私がプレゼントした添い寝券。まだ持ってたの⁉」

大和の誕生日に渡して、叱られた記憶が蘇る。

『なんだこれは。中学校でこういうのが流行っているのか？　まさか男子生徒に気軽に配っているんじゃないだろうな』

『そんなことしてないよ。大和お兄ちゃんの誕生日なのに、お金で買える物はいらないって言うし、ネットで調べてこういうのがいいかもって思ったの。だって事件続きで寝不足でしょ？　私に会いに来てくれる時間、寝てくれたらいいなと思って……喜んでくれないの？』

『気持ちは嬉しい。ありがとう。だが、二度と作らないでくれ。俺にくれたこの券を最後にすると約束してくれ』

その時の彼は受け取ってくれたが、使う気がなさそうだった。

てっきり捨てたのだろうと思っていたのに、ずっと財布に入れていたとは驚きだ。見たところ財布はそれほど古いものではなく、新調した時になぜ処分しなかったのかと不思議に思う。

「ずっと持ってたの？　どうして？」

その問いには答えてくれず、三枚分を切って渡された。

「朝までの三時間分を使う。ベッドに行こう」

凛々しい眉に精悍な瞳。真顔の大和に迷いのない視線を向けられて鼓動が跳ねた。

手を繋がれて引っ張られるがまま立ち上がり、ベッドまでの数歩を進む。

(私をベッドで寝かせたいだけ。いつだって子供扱いだもの。なにも起こらないよ)

寂しいような悔しいような気持ちになると、一緒にベッドに入る勇気が湧いた。

「私、左側でいい？」

「ああ」

背中合わせにベッドに横になり、一枚の毛布を一緒にかけた。

やけに背中が熱く感じる。

階下の物音や夜泣きの声は止んでいて、自分の鼓動が耳元で鳴っているかのように大きく聞こえた。

（こんなにドキドキしているのは、きっと私だけ）

大和は静かな呼吸を繰り返している。

早々に眠りについたのだろうと思い、緊張を少し解く。

（大和さんは睡眠不足が続いていたからすぐ寝られるんだ。ううん、そうじゃなくてもきっと寝る。私を女だと意識してないから。恋人になるなんて夢のまた夢）

ここまで意識されないと、もとから少ない自信がどんどん減っていく。

起こさないよう気をつけて寝返りを打つ。肩甲骨付近の筋肉の盛り上がりに額をつけ、そっと片腕を回して大きな背中を抱きしめてみた。

（大好き）

心の中で告白したその時、寝ていると思った大和に呼びかけられた。

「葵」

驚きでビクッと体が震え、咄嗟に手を引っ込めようとしたが、手首を握られて阻止された。

「俺は男だぞ。わかっているのか？」

どういうつもりで聞くのかと戸惑いつつも、憎まれ口を叩く。

「わかってるよ。そっちこそ、私を女だと思っていないくせに」

「思ってる」

「えっ……？」

「葵は成長して大人の女性になった。もう妹だと思えない」

目を見開いたのと同時に彼が寝返りを打った。

息がかかる距離で視線が交わり、心臓が壊れそうなほど激しく波打つ。

（本当に妹から抜け出せたの？）

やっと女性として意識してもらえたという喜びが湧き上がったそのあとは、近すぎる距離に動揺する。

真顔の大和がじっと見つめてくるから、気持ちを読まれそうで視線を外した。

すると首の下にたくましい片腕が差し込まれ、抱き寄せられる。

（腕枕……）

どういうつもりでしてくれるのかと戸惑いながら、彼の喉仏が上下するのを見つめた。

額にかかるのは熱い吐息で、緊張して体が硬くなる。

「怖いか？」

「ぜ、全然」

「嘘つけ。震えてるぞ。意地っ張りは相変わらずか。だが、そのおかげでこうしていられる」

フッと笑われ、優しい声が続く。

「安心しろ。手は出さない」

（なにもする気はないってこと？　うん、わかってる……）

妹ポジションから抜け出せたといっても、恋愛対象に入れてもらえたわけではない。

女性としての魅力不足は自覚しているが、大和にもそう言われた気がして落ち込みそうになる。

しかし、彼の言葉にはまだ続きがあった。

「お前の気持ちが俺に向くまでは」

（えっ⁉）

まるで彼の方が片想いをしているような言い方に、目を見開いた。

（もしかして、大和さんも私を……）

期待が風船のように膨らみ鼓動が最大限に高まったが、その一方でぬか喜びで傷つきたくないと心に盾を構えてしまう。

出会ってから十三年間、恋の気配すらなかったのに、一緒にベッドに入っただけで彼の心を手に入れられるとは思えなかったのだ。

「大和さん、今の意味って――」

もっとはっきり言ってくれないとわからない。

彼の気持ちを確かめようとしたが、鎖骨付近に顔を押し当てられ話せなくなった。

「寝るぞ。夜が明けてしまう」

「うん……」

気になる問題を残している上にこの体勢だ。

まったく眠れる気がしなかったが、大和の貴重な睡眠時間は奪えず、黙って目を閉じた。

＊　＊　＊

警視庁のテロ事件対策室で大和は今日も指揮を執っている。

捜査員から続々と報告が上がってきて、全容が見えてきたところだ。

葵の部屋の真下の住人、縞森の夫の方が久地と繋がりがあるのも判明した。

『縞模様のシマ』

葵から階下の住人の漢字をそのように説明された時、大和が直感した通り、縞森は追っていたゼブラだった。

久地と縞森はサバイバルゲームのサークルを四年ほど前に退会しているが、その後もオンラインの戦闘ゲームを通じて交流を続けていた。

おそらく久地と付き合ううちに危険思想に染まり、テロ計画に加担したのだろう。

縞森が夜な夜ななにをしているのかもわかっている。

低く響く機械音は３Ｄプリンターの作動音で、金槌で叩くような音は部品を組み立てている音だ。

音声解析の結果、作っているものはライフルか拳銃と判明。

３Ｄプリンターで作ったものは本物に比べて強度は落ちるものの、数発なら発砲可能で殺傷能力もあると思われた。

（葵を守らなければ）

すぐにでも引っ越しさせたいところだが、理由を明かせない現段階では言うことを聞いてくれないだろう。

これまでに何度も生活資金の援助を提案したが、ことごとく拒否された。

自立した大人なのだから援助はいらないという頑なさの原因は、自分にあると最近になって思うようになった。

（今まで俺が子供扱いしてきたせいだよな）

十歳も離れているのだから仕方ないとはもう言えない。

三週間ほど前、庁舎の休憩所で井坂にからかわれた時に、葵への想いを閉じ込めていた箱が開いた。

『そういう感情を恋と呼ぶ』

井坂に言われたのはその通りで、愛しさがあふれ出したその日から葵を妹だとは思えなくなった。

（この手で葵を幸せにしたい。高野さん、許してください）

時刻は間もなく正午になる。

対策室の自分のデスクに座り、方々に連絡して捜査の調整をはかっていると、電話を取った部下から声をかけられる。

「加賀見参事官、昨日の音声解析結果が出たそうです」

「わかった」

銃火器の製造が判明してもまだ階下の音声を録音している理由は、縞森夫妻の会話から、妻の美菜恵がどの程度関与しているのか知りたいからだ。

広くはない家の中で夫の犯罪行為にまったく気づいていない可能性は低い。しかし、美菜恵も一緒に逮捕できるだけの証拠が今はなかった。

パソコンに送られてきたファイルを開いて確認したが、昨夜の会話も犯罪とは無縁の内容だった。

嘆息した大和は立ち上がり、対策室を出てふたつ隣のドアをノックした。

室内に入ると窓にはブラインドが下ろされ、昼間なのに薄暗い。

数台のパソコンの画面の明かりに照らされる藪が、無垢な笑顔をこちらに向けた。

「加賀見さん、こんにちは」

「藪くん、こんにちは」

お決まりの挨拶のあとに「どうだった?」と問うと、頷いた。

頼んでいた情報を得られたようだ。

「三年分だよ。もっといる？」

「十分だ」

藪の隣でマウスを操作すると、美菜恵のインターネットでの買い物履歴が流れる。ベビー用品に日用品、食料品ばかりで、犯行に繋がるものはなにひとつない。

「あーあ」

藪が伸びをしながらぼやいたのは、狙いが外れたからではない。買い物履歴の入手という作業が簡単すぎてつまらなかったせいだろう。楽しいか、つまらないか。純粋すぎる藪の捜査に正義感はないのだ。

「退屈な仕事を頼んで悪かった」

気持ちを汲んで詫びると、なぜか嬉しそうな顔をされる。

「うん。だから余った時間でこれを作ってた。加賀見さんにプレゼントだよ」

藪がマウスをクリックすると、画面に大きく写真が表示された。

「おい——」

言葉が続かなかった理由は、警察の制服姿の自分と葵のツーショット写真だったからだ。

しかも葵の服装はウェディングドレスで、はにかむように笑っている。

おそらく大和の携帯電話から盗み出した葵の画像を使い、合成したのだろう。現実かと思うほどよくできているが、褒められたものではない。

口角を上げ、悪意のない目で見てくる藪に注意する。

「俺の携帯電話をハッキングしたんだな？　犯罪だぞ。二度としないでくれ」

「フォルダのタイトルにあった葵って人、加賀見さんの恋人でしょ？　結婚写真を作ってあげたのに嬉しくないの？」

「偽物は少しも喜べない。その写真はすぐに消すんだ」

悲しそうな顔をした藪が、椅子の上で膝を抱えた。

繊細な性格なのでこれ以上の注意には耐えられないだろうと判断し、話題を変える。

「昼食はとったのか？」

「いらない」

「頼むから食べてくれ。弁当を手配する」

藪の部屋を出ながら葵を想う。

（コラージュ写真の葵、きれいだったな）

正直に言うと、純白のウェディングドレスがよく似合っていてずっと眺めていたかった。

携帯をハッキングされたのはいただけないが、幸せな未来を覗いた気分になれたのも事実だ。

消去を指示したのが惜しい気持ちにさせられる。

(いつか現実で見られる日が来るだろうか?)

ぼんやりと夢見心地になりかけたが、対策室に入ると緊張感を取り戻した。

(縞森美菜恵に近づくなと、葵に言っておかなければ)

美菜恵の夫の逮捕の日付を決める段階に来ている。真上の部屋で捜査が行われていたと勘づかれたら、逆恨みをした美菜恵が葵になにかするかもしれないと懸念していた。

次に捜査一課に電話をかける。

『はい、井坂です』

「加賀見だ。話があるんだが、十六時までの間に三十分ほど時間を作ってくれ」

話とはもちろん事件についてだ。

それなのに電話口の声が妙に楽しげなものに変わった。

『ついにというか、やっとそうなったという報告? 俺のおかげだよな。感謝の言葉はいらないけど、酒の一杯くらいは奢ってよ』

「なにを言ってる？」

『あれ、葵ちゃんの話じゃないの？　同棲までしておいて、まさか、なにも進展してないとか？』

「切るぞ」

『冗談くらい言わせてくれよ。逮捕の決行日の相談だろ？』

文句を言う井坂に呆れつつも、痛いところを突かれたと思っていた。

一週間ほど前に添い寝券は使ったが、葵の気持ちが自分に向くまでは手を出せない。

今の関係で交際を求めれば、下心があったのかとショックを与えそうな気がした。

毎晩、欲望をこらえている状況については聞いてくれるなという心境だが、井坂には感謝もしている。

お節介を焼いてくれなければ、今でも葵を妹扱いしていただろう。

そしていつか他の男に奪われてから、愛《いと》しさに気づいて後悔するのだ。

その前に気づかせてくれた友人には、お礼の意味を込め、葵の心を手に入れられた時に報告しようと思った。

「進展したら、教える」

『えっ、彼女のことだよね。てか、本当に加賀見？　信じられないから、今からそっちに行くわ』
誰かが音声変換装置でも使って話しているのかと思ったのだろうか。
そこまで驚かれるとさすがに恥ずかしくなり、「待っている」とだけ伝えて電話を切った。

庁舎を出たのは十六時半頃だ。

庁舎近くの洋食屋に電話で注文しておいたエビフライ弁当をふたり分受け取り、タクシーに乗る。

向かう先はもちろん葵のアパートだ。

葵と同居をしての捜査は他の者にさせられない。自分の手で守りたい思いも強い。

そういう理由で十日ほど一緒に暮らしているが、心の奥底には欲望も顔を覗かせていた。

(葵が愛しい。だからこそ手は出せない)

捜査のための同居を頼んだ日に、上官の娘との見合いの件で葵をずいぶんと不安にさせていたのを知った。

『お願い、これからも私のそばにいて』

あの時の葵の言葉は衝撃で、喜びのあまりに理性が飛びかけ唇を奪いたくなった。

けれどもすぐに自分を戒《いまし》めた。

求めてくれる言葉を勘違いしてはいけない。

家族がいない不安や寂しさからそう言ったのだろう。

普段、強気な言動を取るのは心細さの裏返しだ。

十三年間、葵を見守ってきたのだからよくわかっているつもりでいた。

十七時を過ぎたばかりなのに、辺りはもう暗い。

アパートの近くでタクシーを降り、五分ほど歩いた。

縞森美菜恵は、大和を葵の恋人だと思っている。タクシーで通っている姿を見られれば、警察だと疑うまではしなくても、どんな仕事をしているのかと興味を持たれる気がしたからだ。

アパートが見える距離に作業着姿の男がひとり立っていた。

電気工事の業者を装っているが、美菜恵に張り付いている公安警察官だ。

目が合ったがお互いに知らないふりをし、目礼もしない。

足早に正面玄関をくぐった大和は葵の部屋まで行き、合鍵でドアを開けた。

部屋の中は暗く、冷えている。

（そういえば今日は居酒屋のアルバイトだと言っていたな。帰りはかなり遅いのか。葵を俺のものにできたなら、生活費の援助ができるんだが）

心配なので夜は家にいてほしいが、今の関係ではアルバイトをやめろと言えなかった。

シャワーを浴びたあとは、キッチン前に機材を広げて階下の様子を探る。

そのまま数時間が経過して、二十三時近くになってから葵がやっと帰ってきた。

「ただいま」

元気そうな顔に安堵《あんど》して口角が上がる。

「おかえり。腹が空いただろ。弁当があるぞ」

さすがに遅い時間なので、大和は先に食事をすませた。

エビフライは衣が薄く、大きめの海老が使われていて食べ応えがあった。

きっと喜んでくれると思い、キッチンに置いていた弁当を手渡すと、葵の眉尻が下がった。

「ごめん。まかないが出るバイトだったんだ。先に言っておけばよかったね。誰かがミスして余分に作っちゃった料理も食べさせてくれたから、今お腹いっぱい。これは明日食べるね。ありがとう」

「そうか」

無理して食べてほしいとは思わないが、弁当が不要なら今日は葵のためになにもしてあげられなかったことになり、その点は残念だ。

冷蔵庫に弁当をしまった葵はコートを脱ぎながら窓辺へ行く。

ハンガーにかけてカーテンレールに吊るそうとしているが、窓際には大和の荷物をまとめて置いているので、それが邪魔して背伸びをしても届かないようだ。

「大和さん、手が……」

頼まれるより先に動き出しており、ハンガーを受け取ろうとした。

その際に手が触れ合うと、なぜか焦ったように引っ込め、目まで逸らされた。

「あ、ありがとう。私、シャワーを浴びてくるね」

早くしないと近所迷惑になるからと言い訳するようにつけ足して、葵が浴室に駆け込む。

折れ戸を強めに閉める音にショックを受けた。

(今、逃げたよな。なぜだ?)

嫌われるようなことをしただろうかと自問し、先週の夜を思い出した。

(添い寝券が原因か)

中学生の頃の葵に無邪気にプレゼントされたあの券は、財布に入れてずっと保管していた。

使うつもりは一切なく、財布を新調して中身を入れ替えた時に捨てた方がいいかと迷ったが、できなかった。

男に添い寝券を贈るのは危険だから二度とするなと注意したが、言い換えればあれは大和への信頼の証《あかし》だろう。

誕生日になにか贈りたいと一生懸命に考えてくれた気持ちも嬉しく、思い出に取っておいたのだ。

葵が寝袋で寝ると言い張ったあの夜、どうすれば言うことを聞いてくれるかと考え、添い寝券の使用に踏み切った。

そのおかげでベッドで寝かせることには成功したが、大和にとっては試練となった。

一定のリズムで呼吸することに集中しようとしても、どうしても背中の温もりに意識が戻されてしまう。

早く寝てくれと願いながら手を出さないよう耐えているというのに、葵が抱きついてきたから、思わず恋愛感情に気づかれそうな言い方をしてしまった。

『俺は男だぞ。わかっているのか？』

『わかってるよ。そっちこそ、私を女だと思っていないくせに』

もう妹のように思えないから迷い、悩んで葛藤しているのだが、葵には少しも伝わらないようだ。

葵を手に入れたいのなら、まずは異性として意識されなければならない。

それを狙って腕枕をしてみた結果、鼓動を高まらせたのは大和の方だった。

可愛らしい顔立ちの中に潜む、大人の色気や魅力。

普段は強気なのにウブさを隠せない目で戸惑いがちに見つめられると、男心を刺激された。

シャンプーのいい香りが鼻をくすぐり、抱きしめる片腕には柔らかさが伝わる。

最初は戸惑っていた様子の葵だったが、三十分も経つとスースーと寝息を立て始めた。

睡眠不足にならずにすんでよかったと思う大和の方は、一睡もできずに夜を明かしたのだ。

あの夜以降、葵が寝袋で寝ると言い張ることはなく、彼女はベッドで、大和は寝袋で休んでいる。それはいいのだが、なんとなく避けられている気がしていた。

（いや、避けるというのは少し違うな）

今朝は大和が歯を磨こうとすると葵がついてきた。

洗面台の前はかなり狭く、ふたりで並べない。

先にどうぞと場所を譲ろうとしたが、詰めれば大丈夫だからとくっつかれ、歯磨きが終わると逃げるようにパッと離れた。

狭いキッチンで一緒に朝食の用意をした時も似たような感じだった。

最近の葵は自ら近づいてきて、逃げるように離れるのを繰り返している。

大和は首を傾げつつ、捜査のためにキッチン前に戻った。

(今も自分から俺を呼んだのに、逃げたよな。いつもと違う気がするのは、俺が葵を意識しすぎているせいか?)

浴室からシャワーの音が聞こえてきて、気持ちがそっちに引き寄せられる。

男としてこの時間はつらいものがある。どうしても浴室内を想像してしまうからだ。

頭を強く横に振り、ヘッドホンで耳を塞ぐ。

葵が心を寄せてくれるようになるまでは、絶対に耐えなければならない。

それから二時間ほどが経ち深夜一時を過ぎた頃、キッチンの床に座って捜査を続けている大和の背に声がかけられた。

「大和さん、先に寝るね。おやすみ」

「おやすみ」

パジャマ姿の葵を見ると感情が揺れてしまうので、振り向かない。

天井の照明を消してデスクライトをつけ、耳に意識を戻そうとした。

ヘッドホンから聞こえる縞森夫妻の会話は、断片的にしか聞き取れない。

録音した音声は解析に回すけれども、重要な会話ならなるべく早く対応したい。

そう思い耳を澄ませているのだが、いつも夜泣きの声に邪魔される。

子供の夜泣きは仕方ないと同情的に見ている葵と大和は違う。

実際に泣いているのではなく、録音した泣き声を流していると判明したからだ。

理由は隣接する部屋の住人に、拳銃の製造音に気づかれたくないからで、あわよくば夜泣きにうんざりして引っ越してほしいと思っているのだろう。上が空き部屋の方が都合がいいからだ。

ちなみに数日前、一階の隣の部屋に引っ越しの見積もりで業者が出入りしていた。

隣の部屋の住人は縞森の狙い通り、近々引っ越すらしい。

(美菜恵もある程度知っていないと、夫の行動を奇妙に感じて一緒には暮らせないだろう。だが、その程度では任意での取り調べが精一杯。逮捕はできない)

寝ようとしている葵をうまく意識の外に出していられたのは、そこまでだった。

急に背中に体温を感じて驚いた。

ヘッドホンを外して肩越しに振り向くと、膝を抱えた葵が背中合わせで座っている。

「どうした？」

「邪魔してごめん」

「構わない。解析に回さないと聞き取れないと諦めていたところだ」

体ごと振り返ろうとすると、慌てたように止められる。

「待って。このままで話したいの。ええと、その、顔を見てしまうと言いにくくて」

「わかった。どんな話だ？　悩み事か？」

葵を困らせる要因はすべて排除してあげたい。そう思い、背中合わせのままで真剣に聞く体勢を取る。

「私のことじゃないんだけど――」

長年、片想いしている友人がいて、今の関係のままでいるのはつらいが、フラれるとわかっているので告白できずに困っているという話をされた。

葵の話ではないというので、肩透かしを食らった気分になる。

「私の友達、どうしたらいいと思う？」

「俺に聞かれてもな」

その友人と相手の男を知っているならなにかアドバイスできるかもしれないが、話を聞いただけでは答えようがない。

「そうだよね、ごめん……」

葵の声が弱々しくなったので、なにか言わなければと口を開く。

「フラれるのがわかっているということは、相手にはすでに交際相手がいるのか？」

「いないよ。仕事が忙しい人で、女性にあんまり興味がないみたい。上司に娘さんを紹介されたけど断ったって聞いてる」

（上司の娘……）

自分と似ていると思いながら質問を重ねる。

「現時点で交際相手がいないなら、勝率がゼロではないんじゃないか？」

「ゼロではないと思うけど、すごく低そう。でも友達のことは大事にしてくれて、友達が望むならこれからもそばにいるって言ってくれたみたい」

（俺も同じようなことを言ったな）

『葵が望んでくれるなら、一生そばにいる。俺もお前を手放したくないんだ』

同居を始めた日のことだ。

しばらく連絡しなかったことで不安にさせていたと知り、安心させるために言った。

見ず知らずの男がやけに自分に似ているのが気になったが、答えやすくもなる。

「相手の男も惚れているような気がするが。お前の友人は、なぜフラれると思っているんだ？」

「だって、ドキドキしているのはいつもこっちだけ。大人の女性だとわかってるって言ってくれたけど、隣で寝てもなにもしてこないんだよ。魅力不足だからと思って……」

似ているどころの話ではなくなった。

（もしや、俺たちの話か？）

「葵」

鼓動を高めながら呼びかけると、眠そうな声がする。

「大和さんの背中、あったかくて気持ちいい。安心して、眠く……」

スースーと寝息が聞こえ、背中に当たる重みが少し増した。

自分たちの話なのか確かめたいところだが、可哀想なので起こせず、動悸がおさまらない中で内省に沈む。

（もし友人の話と偽って自分の相談をしていたのなら、葵が俺に惚れていることになるが……）

冷静に判断できない。大きな期待が邪魔をするからだ。

（わからないなら、明日の朝、起きてから葵に聞くしかない）

しかし聞いたところで、葵の性格なら正直に言わない気がする。

少し怒って自分の話じゃないとごまかしそうだ。

そう考えてしまうのも勝手な期待の表れだと気づき、勘違いでぬか喜びをしないように予防線を張った。

（考えれば考えるほど、自分にとって都合のいい仮説を立ててしまう。これ以上はやめよう）

葵が姿勢を崩しそうな気配がした。

床に崩れ落ちないよう片手を後ろに伸ばして支えながら、そっと振り返って腕に抱いた。

丸みのあるフェイスラインに柔らかそうな頬。長めのまつげに半開きの唇。

規則正しい息遣いでぐっすりと寝ているその顔は、あどけない。

それでも体つきは大人の女性そのもので、男心を刺激されて唇を奪いたい衝動にかられた。

（こらえろ）

葵の気持ちが自分に向くまでは手を出さない。

職務中に寝込みを襲うなど、もってのほかだ。

(だが……いつまでも耐え続けられるものでもない)

葵が自分に惹かれてくれるのをただ待っていては、何年かかることか。その日は来ない可能性も十分にある。

意識されるためには想いを伝えた方がいいのではないかという気がしてきた。

いや、正直に言えば、あふれそうな愛情を胸に秘めているのが苦しい。

(好きだと言えば、葵は困るよな。すまないが、それでも言わせてくれ)

葵をそっと横抱きに抱え上げ、ベッドまで運ぶ。

起こさないよう気をつけてベッドに下ろし、慎重に腕を抜こうとすると——。

葵が切なげに眉根を寄せて、寝言を言う。

「……き」

(なんと言った?)

「大和さんが……好き……」

その瞬間、心臓が大きく波打った。

驚きで身動きひとつできないのは初めての経験だ。

（どういう意味の〝好き〟だ？）

家族や友人に対してもその言葉は使われる。

ますます膨れ上がる期待に耐え、魅力的な寝顔を見ながら動揺を深めた。

＊　＊　＊

翌日は強い寒気が流れ込むという予報通りの気温で、吐く息がほのかに白い。

十六時にイベントスタッフのアルバイトを終えた葵は、その足で沢の自宅へ向かった。依頼していた汚職のスクープネタが入ったという連絡をもらったからだ。

十階建てのマンションの脇に愛車を止め、寒さから逃げるようにエントランスをくぐる。

オートロックの自動ドアを開錠してもらい、エレベーターで九階へ。

沢の部屋のインターホンを押すと、すぐにドアが開いた。

「沢ちゃん久しぶ——えっ、その恰好どうしたの？」

いつもの黒ずくめのラフなスタイルではなく、ワインレッドのエレガントでセクシーなドレスを着ている。

髪は美容室で整えたのかきれいに結い上げられ、白いうなじが色っぽい。耳には大粒の真珠のピアスが揺れ、初めて見るきちんとメイクした顔は大人っぽい極上の美女だ。

持ち前のミステリアスな雰囲気と相まって、同性の葵でも胸が高鳴った。

「まぁ、入って」

葵を中に入れた沢は、広めのワンルーム内を移動しながらアクセサリーを外し、黒い部屋着に着替えようとしている。

「こんな格好なのは、さっきまで人と会ってたから。今帰ったところなんだ。葵より先に着いてよかった」

「もしかしてデートだったの？」

恋愛に興味がなかった友人に恋人ができたのかと驚いて聞いたが、一笑に付された。

「まさか。目的は仕事に有益な人脈の形成」

「外に出て人とも会うんだ。てっきり部屋にこもって、インターネットだけで情報収集しているのかと思ってた」

「できればこもっていたいよ。でもお金になる情報はそんなに簡単に手に入らない。だからこんな格好もする」

今日、食事をした相手は経済界の重鎮で、政治家のパーティーで知り合ったそうだ。

「女性よりスケベそうなおじさんの方が楽なんだよね。ちょっと色仕掛けしたらペラペラ喋《しゃべ》ってくれて助かる」

「そ、そうなんだ」

葵の仕事は汚職スクープを記事にすることで、危険だからやめるよう大和に言われてきたが、そのネタを売る沢の方が危ない橋を渡っているようだ。

（サラッと色仕掛けとか言ってるけど、大丈夫？　友達だから心配だよ。今なら大和さんの気持ちもわかる）

着替えを終えた沢と楕円のテーブルに向かい合って座り、差し入れに持ってきたペットボトルのコーヒー飲料を飲みながら仕事の話をする。

沢が五万円で売ってくれたネタは世間が好きそうな権力者の汚職で、今度こそと気合いを入れた。

「沢ちゃん、今日はこれで帰るね」

「もう？　夕食、食べていけばいいのに」

沢は食に興味が薄く小食で、食事に誘っても断られる場合が多い。

珍しいことを言うと思っていると、床に置いていた紙袋の中からワインのボトルを出して見せてくれた。

経済界の重鎮から、高級ワインと生ハム、クリームチーズやクラッカーをお土産にもらったそうだ。

（お洒落な晩酌セットみたい。お土産じゃなくて、君の自宅で一緒に飲もうというお誘いだったんじゃ……）

もらったけど、誘いはきっぱり断ったのだろうか。

葵なら相手に悪いと思ってしまいそうなので、「このワイン、十万以上するよ」と口角を上げた沢を尊敬した。

「ありがとう。でも私、お酒飲めないし、また今度ね。急いで帰って夕食も作らないと」

大和と同棲を始めてからというもの、有名店の美味しい弁当や宅配の料理をご馳走になってばかりだ。ありがたいけれど申し訳ない。

今日はアルバイトの終了時間が早めだったので、自分が作るからなにも買わないでと、先ほど大和に連絡したのだ。

（大和さんの好きなカレーライスにしようかな。前に宅配してもらった店の海老のカレーがすごく美味しかったから、あんな感じのシーフードカレーを作ろう。今日のバ

イト代、結構もらえたんだよね。よかった)

喜んでくれる気がして心が弾む。

椅子から立ってリュックを背負うと、頬杖をついた沢に意味ありげな笑みを向けられた。

「へぇ、夕食作るんだ。誰のために?」

「えっ、私、そんなこと言った?」

「言ったのを忘れるほど浮かれてるみたいだね。警視正の彼が自宅に来て手料理を食べる関係になったんだ。付き合ってるの?　その辺、詳しく教えて」

「詳しくって言われても……」

「白状するまで帰れないよ」

沢が携帯電話を顔の横にかざした。

この部屋の鍵は電子錠で、ロックと解錠は携帯電話で操作ができる。

どうやらからかいではないようなので、椅子に腰を戻して苦笑した。

「実は今、大和さんと一緒に住んでる。でも色気のある話じゃなくて、捜査のために一時的に協力しているだけなんだ」

階下の住人については捜査に関わるので少しも話せないが、同居から今に至るまでを簡単に話した。

告白もしていないし、付き合ってもいない。一緒に食事をして、捜査中の彼を気にしながら先に寝るという生活。

葵がムキになったせいで一緒にベッドで寝た夜が一度だけあったが、『手は出さない』と言われた通り、朝までなにもなかった。

照れくさく思いながらザッと説明すると、沢が顔をしかめた。

「一緒に住んでそれだけ？　ヘタレ」

非難の言葉がグサリと胸に突き刺さる。

「そんなに簡単に告白できないよ。フラれるのが怖いもの」

「葵じゃなく、警視正の彼に言ったの」

「大和さんがヘタレ？」

「腕枕はするけど手は出さないって、男としてどうなの？」

「意気地がない」と呆れたように付け足され、ムッとした。

自分のことなら甘んじて受け止めるが、大和への批判は許せない。

「大和さんは毎日正義のために闘っているの。意気地なしなんかじゃない。恋人じゃない相手に手を出す人の方が意思が弱いでしょ。私になにもしなかったのは、強くて優しい人だからだよ」

強い口調で反論したあとに、ボソッと付け足す。

「それと、私に色気が足りないから……」

一緒に寝てもなにもされなかった事実に、少しだけ傷ついている。

なにかあってほしかったわけではないが、女性としての魅力不足を痛感していた。

(自信もないし勇気もない。いや、自信がないから勇気が出ないのかも)

あの夜以降はこれまで通り、葵はベッド、大和は寝袋を使って休んでいる。

ベッドで寝てほしいとはもう言い出せない。

鼓動を高まらせた腕枕と、なにもされなかった朝の落ち込みを思い出すからだ。

しかし一度、大和の温もりを知ってしまうとひとり寝が寂しくて、昨夜は捜査中なのに邪魔してしまった。

背中をくっつけていると安心していつの間にか睡魔に襲われ、ベッドの上で目覚めた時にはひとりだった。

大和はいつもより早めに出勤しており、キッチンにおにぎりと目玉焼きとサラダ、インスタント味噌汁《みそしる》という葵の朝食が用意されていた。

美味しくいただきながらも彼に甘えすぎだと反省し、そのリカバリーの意味でもこれからシーフードカレーを作りたいのだ。

「とにかく大和さんの悪口は言わないで。どうしたら色気を出せるのかのアドバイスなら欲しいところだけど」

軽く睨んでも長年の友人に効き目はない。

まるでそう言われるのをわかっていたかのようにニッと口角を上げ、クローゼットの横の壁を指さした。

振り向くと、ワインレッドのドレスがかけられている。

「貸してあげるから、着て帰りなよ」

「えっ⁉」

襟ぐりは広く開き、沢が着ていた時には胸の谷間が少し見えていた。体にフィットする素材で、長袖部分のみレース生地になっている。スカート丈は膝下だが、太ももまでスリットが入っていてかなりセクシーなデザインだ。

「私には無理だよ」

フェミニンなワンピース姿さえ、普段と違うから恥ずかしくて大和には見せられない。

前にここに来た時に沢にそれを話したはずだが、忘れてしまったのだろうか。

「着るだけなのにどうして無理なの？　愛してると口で言うより簡単だよ」

「それは、そうだけど」

「捜査目的の同棲なら、もうすぐ終わるんじゃないの？　なんの進展もなく終わって、後悔しない？」

同棲を開始した日にこのチャンスにかけようと意気込んだのを思い出した。

沢の言う通り、捜査が終了すれば大和は自分の家に帰ってしまう。

それはもしかすると明日かもしれないし、今夜かもしれない。

いつまでも勇気を出せずにいたら、後悔するのは目に見えていた。

椅子から立って恐る恐るドレスに近づき、そっと触れてみた。

「私、着こなせる……？」

「大丈夫。きっと似合うよ。ブラパッドの分厚いのも貸してあげる」

「お気遣いありがとう……」

やせ型なのは同じでも、出るところはしっかり出ている沢とは違う。

自信のなさを無理やり心の隅に寄せ、ドレスをハンガーから外した。

(勇気を出さないと。やらずに後悔するより、やって後悔した方がいい)

沢の家を出たのは一時間ほど前だ。

リュックの中にはスーパーマーケットで買ったシーフードカレーの材料が入っている。

ロングコートなので中に着ているドレスは見えないのに、買い物している時は落ち着かなかった。

そして今、緊張しながら自宅の玄関ドアに鍵を差し込んだところだ。

大和が帰宅しているかどうか、微妙な時間である。

（心の準備をしたいから、まだ帰っていませんように）

沢の魔術にかかったかのように巧みに誘導されてドレスを着てしまったが、すでに勇気がしぼみ始めている。

料理をしながら大和を待つ間に、やっぱり自分には無理だと着替えそうな予感がした。

（ヘタレは私だ）

鍵を開けてそっとドアノブを引くと、中は明るい。ということは大和は帰宅している。

（どうしよう！）

焦ってドアを閉めてしまったが、数秒してすぐに内側から押し開けられた。

大和はまだ仕事用のスーツ姿なので、ついさっき帰ってきたところなのかもしれない。

怪訝そうな顔をされ、「なにやってんだ?」と問われる。

「えーと、その、鍵。鍵穴から抜くの忘れてたから……」

「危ないな。気づいたからよかったが、二度と忘れないでくれ」

「う、うん」

嘘はバレなかったが、これでもう逃げられなくなった。

「おかえり」

「ただいま」

ぎこちない笑みを返して靴を脱ぎ、部屋に上がる。

心臓は早鐘を打ち、なんとかして気づかれずに着替える方法はないかと考えていた。

(こんな格好、やっぱり見せられないよ)

「遅くなってごめん。カレーにしようと思って買い物してたんだ。急いで作るから、その間にシャワーを浴びてきて」

「シャワーはあとでいい。カレーの気分だったから楽しみだ。俺も一緒に作ろう」

「ダメ。大和さんは先にシャワー！」

その隙に着替えるつもりだ。

つい強めに主張してしまうと、大和が困惑した顔でジャケットの襟元をつまんで匂いを嗅いだ。

「汗臭いか？」

「ごめん、そういう意味じゃないよ。大和さんの香りは好き」

「それなら別に――」

「カレーは私がひとりで作りたいの。決定事項だから、早くお風呂場に行って」

無理やり会話を終わらせて、キッチンでリュックを下ろした。

大和は解せないと言いたげな顔をしているが、窓際に置いているバッグの中から部屋着を出しているのでシャワーを浴びてくれるようだ。

買ってきた食材を出し、エプロンを手に取ったら、浴室の前から声をかけられる。

「なぜコートを脱がないんだ？」

「えっ!?　それは、その、寒いから。もう少し着てようと思って……」

エアコンの作動音が聞こえる。

数分前に電源を入れたのだとしても、狭い部屋なのですぐに暖まる。

さすがにおかしいと思ったのか、大和が足元に着替えを置いてこちらに来た。

後ずさりしたくてもそんなスペースはなく、緊張に体を強ばらせると、大きな手が額に触れた。

「熱はなさそうだが。風邪を引いたのか？」

心配性の彼に仮病は使えず、首を横に振る。

それならどんな理由なのかと探るように、大和の視線が頭からつま先まで移動した。

「今日はスカートなのか。珍しいな」

沢に色っぽい網タイツを勧められたが、それは断って普通の肌色のストッキングを借りた。生足ではないが、ストッキングも滅多に穿かないので、これだけで十分に恥ずかしい。

肩を揺らしそうになるのはこらえたが、目は正直に泳いでしまった。

「たまにはね。私だって女だから、スカートの気分の日もあるというか……」

チラッと大和の顔を見ると、警察官の顔つきに変わっている。

これまでの言動を怪しみ、なにか隠していると思ったようだ。
（マズイ）
焦ったところで見逃してくれる彼ではなく、尋問が始まる。

「今日はなんのアルバイトだったんだ？」

「イベントスタッフだけど……」

「コートを脱いでみせろ」

「そ、それは、ちょっと」

「まさか、露出の多い服で写真を撮らせるような仕事をしていたんじゃないよな？」

（えっ、どんな心配？）

レースクイーンのような仕事を想像したのだろうか。小柄で控えめなバストの葵には務まらないのに。

けれども露出の多い服を着ているというのは当てられてしまい、焦る葵はコートを脱がされまいと自分の体を抱きしめた。

「脱げ」

「エ、エッチ」

「そういう冗談は俺に通じない。大方の見当はついているから白状しろ。クリスマスシーズンは危険なアルバイトの募集が増える。警視庁も警戒中だ。昨日はサンタの衣装での卑猥な撮影会イベントを風営法違反で摘発した。お前のことだから、そういうのに安易な気持ちで応募したんだろ？」

(サンタコスプレ撮影会⁉)

これには驚いて、力いっぱい抗議する。

「ぜんっぜん、違うから!」

今日、スタッフとして半日働いたイベントは子供向けの内容だ。

ドーム会場には空気で膨らませた大型遊具が設置され、着ぐるみショーが催された。

出店もあるなかなか大規模なイベントで、アルバイトスタッフも大勢いた。

葵は子供たちがルールを守って滑り台で遊び、怪我をしないように見守る役目だった。

怪しげなアルバイトを疑われてムキになって説明し、その勢いのままコートのボタンに手をかける。

「魅力がないのを気にしているのに、撮影会の被写体になれるわけないでしょ。私が大和さんに隠したかったのは、コレだから」

一気にボタンを外してコートを脱いだ。

勇気を出せなくても、ムキになればドレス姿を見せられた。

大和の目が見開かれ、絶句している。

大きく開いた襟から胸の谷間が少し覗いている。

沢が気を利かせて貸してくれたブラパッドのおかげだ。

大和の視線が胸元に向いた途端に、恥ずかしさがぶり返した。

両手を交差させて胸元を隠し、口を尖らせて釈明する。

「バイト終わりに友達の家に行って貸してもらったの。勇気を出して着てみたけど、やっぱり似合わないよね？　自分でもそう思うから、大和さんに気づかれずに着替えようと思って……失敗したけど」

同じドレスを着ても、沢のような妖艶な色気は出せなかった。

拗ねた口調の言い訳も、子供っぽいと自覚している。

無言の大和はなにを思うのか。

(呆れてる？　それとも似合わなすぎて、大人扱いはできないと思ってる？)

逆効果だったかと不安になり背を向けると、肩にスーツのジャケットがかけられた。

(この恰好を見ていたくないから？)

落ち込みそうになったその時、突然、背中から抱きしめられた。

頼もしい二本の腕が体に回され、こめかみには彼の頬が当たる。

驚きで心臓が大きく波打ち、この腕にどういう意味があるのかとうろたえた。

次の瞬間、こらえていたものを吐き出すような声を聞く。

「葵が好きだ」

（えっ……）

そう言われるのをどれだけ夢見ただろう。

けれどもすぐには喜べない。

兄妹のような関係が長すぎたせいで、期待する意味とは違うかもしれないと思ってしまう。

「好きって……どういう意味の？」

「すまない、言葉が足りなかったな。昨夜は、俺もまったく同じことを思った」

昨夜は大和に触れたくて、仕事の邪魔をした。

背中合わせで話していたら、いつの間にか寝てしまい、起きるとベッドの中だった。

ベッドに運んでくれたのはもちろん大和で、寝言を言っていたと聞かされる。

「『大和さんが好き』。お前にそう言われて、どういう意味の好きなのかと悩んでいた」

「うそっ、私、言っちゃったの⁉」

好きだと口で言えないからドレスを借りたというのに、すでに告白ずみだったとは衝撃だ。

今さらながらに顔に熱を集中させ、慌てていると、大和の抱きしめる腕の力が強まった。

「先に言わせてすまなかった。俺の気持ちも葵にある。ひとりの大人の女性として、愛してる。俺の恋人になってくれ」

自分の速い心音が耳元で聞こえる。

今度は期待を抑えようとは思わず、喜びで声を震わせながら問う。

「本当に……？」

「ああ。前から葵に惹かれていた。だが、その気持ちに蓋をして、自分でも気づかないようにしていたようだ。蓋が外れたのは最近だ。どんどん魅力的になる葵を妹のように思えなくなった」

膨らんだ愛情が、彼の心の中にある箱を押し開けるところを想像した。

嬉しくて目に浮かんだ涙を拭いながら、恥ずかしさをごまかすように照れ笑いする。

「あとでお礼を言わないと」

「誰に？」

「ドレスを貸してくれた沢ちゃん。専門学校時代の友達が情報屋をやってるって前に話したでしょ？　私に色気がないから、一緒に暮らしてもなにも起こらないと相談したら、このドレスを勧められて。なにを着ても私じゃ無理だと思ったけど、すごい効果で驚いてる」

ドレスを借りるにあたっての経緯を明かすと、クルリと振り向かされた。

たちまち顔が火照り、恥ずかしさでなにを話していいのかわからなくなる。

心なしか大和も頬が赤く、眉尻を下げて苦笑した。

「その恰好に欲情したから好きだと言ったわけではないぞ。想いは伝えるつもりでいたんだ。だが今日、お前の気持ちがはっきりとわかったのはたしかだ。俺に見せるために着てくれたんだろ？」

寝言の『好き』がどんな意味なのかと悩んでいたが、ドレスのおかげで異性として愛されているのが伝わったそうだ。

「欲情って……。大胆なドレスだけど誘ったわけじゃないよ。ちょっとドキドキしてくれたらいいなと思っただけで――」

「してるよ。いつも」

「えっ？」

「お前を想うだけで鼓動が速まる」

大和の右手が頬に触れ、顎先まですべり下りてすくわれた。

精悍な印象の目が今は熱っぽく潤み、色気を醸す彼を初めて見て驚いた。

形のいい唇がゆっくりと距離を詰めてきて、鼓動が最高潮に高まる。

(キスするの？　どうしよう。心の準備が間に合わない)

緊張で体を強ばらせ、恥ずかしさと動揺でどうにかなりそうな気分だが、逃げたいとは少しも思わなかった。

覚悟が決まらない中で、ぎゅっと目を閉じると——。

額にチュッと柔らかいものが触れ、すぐに離れていった。

(あれ？)

肩すかしを食らった気分で目を開けると、大和が片手で顔を覆って横を向いている。

「勘違いされる前に言っておくが、子供扱いじゃないぞ。その逆だ。お前がそんな顔をするから、唇を奪えば止められなくなりそうな気がしたんだ」

(どんな顔……？)

思わず頬に触れて確かめてみる。

熱いだけでいつもと変わらない気がしたが、大和の目には色っぽく映ったのかもしれない。

そう思うとますます恥ずかしくてうつむいた。

頭に大きな手がのる。

「解決の目途はついているが、今はまだ捜査中だ」

「う、うん」

（こんなことしてる場合じゃないよね）

少々残念だが、恋愛より国家の安全を守るのが優先なのは言うまでもない。

それに、これ以上ときめいたら心臓が持たない気もした。

いつもの雰囲気に戻ったのを感じてホッと気を緩めたが、視線を合わせたその直後、素敵に微笑む大和から不意打ちのように言われる。

「今は手を出さないが、この事件を完全に解決させたら、葵のすべてをもらう。覚悟はしておいてくれ」

（大和さん……私、もう、ギブアップだよ）

本当に心臓が壊れそうで胸に手を当てた。

葵がどれほど鼓動を高まらせているのか、きっと大和はわかっていないだろう。

言うだけ言って浴室へと向かい、残された葵は慌てて部屋着に着替える。

（のんびりしてたらシャワーが終わっちゃう）

着替えてからやっとカレー作りに入ったが、喜びで口元が緩むのを抑えられなかった。

すべてを捧げる日

窓から見えるのは夜明けの曇った冬空と四車線の大通り。いい眺めとは言えないが、隣家の外壁しか見えなかった前の住まいに比べると圧迫感が取れて清々しく、住み慣れた街に戻ってこられたのも嬉しかった。

ここは大和の自宅で、警視庁の庁舎からほど近い場所にある高層マンションの十階だ。間取りは１ＬＤＫでリビングダイニングは十五畳ほど。

ワンルームのアパートから引っ越してきたのはつい昨日のことだ。

時刻は六時四十五分。

部屋着の上にエプロンをつけた葵は、アイランド型キッチンに立っている。

ふたり分の朝食を作りながら交際をスタートさせた五日前を思い出し、頬が緩んだ。

（捜査が終了しても一緒に暮らしたいって言ってもらえた。私って、自分が思うよりずっと愛されているのかも）

あの日、シーフードカレーを食べながら聞いたのは、葵の部屋での捜査が数日内に終わるという話だった。

それは同棲の終了を意味しているので寂しく思っていると、大和の自宅で一緒に暮らしたいと言われた。

驚いて嬉しく思ったけれど、遠慮が先に立って一度は断った。

彼のことだから、葵の生活費の心配からの提案だろうと思ったのだ。

すると真剣な目をした彼に説得された。

『ためらう理由はなんだ？　俺たちは恋人になったんだ。同じ家で暮らすのはおかしいことじゃない』

『恋人……う、うん、そうなんだけど付き合ったばかりだし、ここを解約するにしても日割りでの家賃の払い戻しはできない契約だから、もったいない。とりあえず今月中はここにいるよ。そのあとのことはゆっくり考えて――』

『ダメだ。五日以内に俺の家に引っ越してもらう』

どうやら提案ではなく決定の知らせだったようで、その強引さが引っかかり、理由を尋ねずにはいられなかった。

『俺が耐えられない。離れて暮らせば月に二、三日会えるかどうかだ。葵はそれで平気なのか？』

（平気じゃないけど……）

『あのね、実は大和さんと一緒にいると落ち着けないの。ずっとドキドキしてるから……。この先も毎日一緒だと、身が持たないかも』

『それは……慣れてくれとしか言えないな。今から少しずつ練習しよう』

『えっ？』

男の顔をした彼に抱き寄せられ、額に二度目のキスをもらった。

五日前の出来事を思い出して照れていると、手元に集中できなくてオムレツがきれいに焼けなかった。

お皿にのせてから形を整えたチーズオムレツとトーストした食パン、サラダとコーヒー。それらをふたり用の食卓テーブルに並べる。

木目の天板のシンプルな食卓テーブルは、引っ越してきた日に買ったものだ。

大和は自宅で過ごす時間があまりないからか、家具の少ない家だった。

それで葵の好みで足りない家具を買い足した。

もとからあったのは黒革の三人掛けのソファと黒いテレビボードで、葵が選んだナチュラルな印象の家具と調和が取れないが、そのちぐはぐな感じもふたりの家だという感じがしていいと思った。

エプロンを脱いで壁掛け時計を見ると七時になっていた。

寝室のドアが開いた音がして、起きたばかりの大和がリビングに入ってきた。

「おはよう。早起きだな。眠れなかったか？」

「大丈夫、ちゃんと寝られたよ。朝ごはん作ろうと思って早めに起きただけ」

食卓テーブルを見た大和は、複雑そうな顔をした。

「ありがとう。嬉しいが、俺に気を遣っていると疲れるぞ。ずっとふたりで暮らすんだ。無理をせず、自然体でいてくれ」

「うん……」

大和はリビングを出て、顔を洗いに洗面所に向かった。

短い後ろ髪が寝癖で跳ねている姿に胸がときめく。

その何倍も胸を高鳴らせたのは、昨夜、同じベッドに入った時だ。

事件が解決するまで手を出さないという約束通りなにもなかったけれど、緊張しっぱなしだった。

恋人になったので、添い寝券を使った時以上に共寝を意識してしまう。

それなのにいつの間にか眠りに落ちていたのは不思議だが。

（自然体か。そうしたいところだけど……）

食卓テーブルに向かい合い、朝食をとる。

「オムレツ、形が崩れてごめん」

「うまい。お世辞じゃなく、この前のカレーもうまかった。葵は料理上手だな」

「そこまで褒めると完全にお世辞だよ」

手料理を食べて褒めてくれるその顔は優しい。

いつもの感じで話しているつもりでも、勝手に胸がときめいて頬が熱くなり、自然体でいるのは難しかった。

「このキッチン、広くて使いやすいね。たくさん料理したくなる」

早起きして朝食の支度をしなくていいと言われたが、これからも作りたい。

少しでも大和の役に立ちたいからだ。

「楽しんで作ってるから、これからも私に食事の支度をさせて。夕食は一緒に食べられる？」

張り切って問いかけたが、彼の眉尻が下がった。

「今夜は帰れない。すまないな」

「うん、わかった。悪いと思わなくていいよ。体調に気をつけて頑張って」

大和の仕事の特殊性は理解しているつもりだ。

一緒に暮らしているせいで大和が働きにくくなるのは嫌なので、寂しさは顔に出さずにトーストを頬張った。

するとコーヒーカップを置いた彼が嘆息する。

「寂しいなら、そう言えばいい。夜に時間を見つけて電話する」

「寂しくない」

「何年の付き合いだと思っているんだ。意地を張っている時の態度はわかる。言ったろ、自然体でいてくれと」

「子供みたいなワガママ言えないよ」

「葵のワガママなら喜んで受け止める。可愛いと思うだけだから気を遣うな」

優しく細められた目に見つめられ、心臓が波打つ。

顔に熱が集中するのを感じて目を逸らした。

「大和さん、そういうのは……」

「なに？」

「そういうこと言うと余計に自然体でいられないよ。ドキドキして困るの」

頬を膨らませて訴えたのは子供っぽかっただろうか。

クスッと笑われてしまったが、話題を変えてくれた。

「葵の今日の予定は？」

「アルバイトは入れてない。ライターの仕事で新しいターゲットを追ってる」

沢から買った今度のネタは、農林水産省の元官僚の汚職だ。

定年退職後に大手食品会社に天下りし、専務理事に就任している。官僚時代の部下と今でも交流があるそうで、便宜をはからせていそうな気配が漂っていた。

「危ないことはしないでくれよ」

そう言われるとわかっていたが、胸がチクッと痛む。

(仕事を辞めてほしいと思ってるんでしょ?)

以前はムキになって反論していたが、今は迷っている。

汚職事件をスクープするのが自分の正義だが、心配をかけたくない気持ちが膨らんで葛藤していた。

愛されているのがわかるから、いらない心配だと突っぱねられなくなった。

「十分に気をつけて取材する」

大和にじっと見つめられた。

「ありがとう」

お礼を言うということは、葵の葛藤が読めたのかもしれない。

先に食事を終えた大和は食器をキッチンに運ぶと、時刻を気にした。

「悪いがあとは頼む。早めに登庁しないといけないんだ」

「うん。いってらっしゃい」

手早く身支度をすませた彼を玄関で見送る。

「夜に電話する」

「忙しいのに、いいよ」

ワガママを許してくれても、寂しがって甘えられる性格ではない。

「本心か？」

黒い革靴を履いた彼が振り向いたので、一瞬迷ってから答える。

「強がりだよ」

少しだけ素直さを見せると、フッと笑った彼に抱きしめられた。

たくましい腕の中は、安心できるのに心乱される。

たちまち動悸も始まった。

耳元に響くのは、色気のある低い声だ。

「あと少しで決着がつく。待っていてくれ」

（それは、私のすべてをもらうという日が近いということ？）

恥ずかしくて顔を合わせられない。

十歳年下の恋人の鼓動を最高潮まで高めておきながら、大和はひとり口角を上げて颯爽と玄関を出ていった。

それから半日が過ぎて外灯が灯る頃、葵はターゲットを尾行していた。

秘書に頭を下げて見送られ、大手食品会社の玄関から出てきた元官僚の名は安岐村《あきむら》。

健康そうな肌艶のやや恰幅《かっぷく》のいい男性だ。

白髪交じりの頭髪の六十三歳で、顔つきは自信に満ちている。

(偉そうにしていられるのも今のうちだよ)

安岐村が乗り込んだタクシーを愛車で追いかける。

調査を始めたばかりなので、ターゲットの日常的なスケジュールを調べている段階だ。

タクシーは十五分ほど走って、繁華街の裏通りにある蕎麦屋の前で停車した。

古そうな二階建ての和風の外観で、間口は狭く、のれんはかなり色あせている。

蕎麦を食べに来たのだと思われるが、なぜこの店を選んだのか気になった。

自宅からも職場からも離れている上に、名の知れた店ではない。

(馴染みの店？　もしそうなら、店の人になにか話を聞けるかも)

降車した安岐村が店に入ってから、少し時間をおいて葵も引き戸を開けた。

「いらっしゃいませ」

だしと醤油のいい香りに包まれて、空腹の胃袋が刺激される。

壁に貼られた手書きのメニューに目がいきそうになったが、食欲を抑えてまずはターゲットを捜した。

広くはない店内で、小上がりの席に安岐村がいた。

女性と向かい合って座っているのを見て、多野元を思い出す。

（また不倫？）

思わず眉根を寄せてしまったが、よく見ると女性は妻だ。

安岐村の立派な戸建ての自宅を確認しに行った時、妻が玄関前を掃除していたので見覚えがあった。

その時のラフなスタイルと違い、今は着物姿で髪をきれいに結い上げ若々しく見えた。

ふたりの会話が聞こえる距離のテーブル席を選んで座る。

月見蕎麦を注文し、携帯をいじるふりをしながら聞き耳を立てた。

「見ごたえのある公演だったのよ。親子の連獅子は期待以上で、あなたも一緒だともっとよかったのに」

「仕事だから仕方ないだろ。また今度な」

「官庁にお勤めの頃から仕事人間で、やっと退職したと思ったら再就職だなんて。いつになったら、あなたとゆっくりお出かけできるのかしら？」

妻はどうやら天下りに不満があるようだが、もっと夫と一緒にいたいという思いが伝わってきて仲のいい夫婦のようだ。

「文句は帰ってから聞くよ。それより今は誕生日を祝わせてくれ。六十一歳、おめでとう」

「女性の歳は口に出して言わないものよ。でもありがとう。これからもよろしくお願いしますね」

ふたりは蕎麦に天ぷらと刺身がついたお膳を楽しんでいた。

食べ終える頃に、やや腰の曲がった高齢の女性店員が笑顔で近づいてきて、小さなサイズのホールケーキを夫妻に出した。近所のケーキ屋に注文していた蕎麦屋からの誕生日プレゼントだそうで、夫婦と親しげな様子だ。

「お礼なんていいですよ。パッとしない蕎麦屋ですのに、毎年記念日にはうちに食べに来てくださって嬉しいです」

「生きている限り通います。私たちが初めてデートしたお店ですもの。ねぇ、あなた」

「そうだな。このお店がなくなるのは寂しいので、おかみさん、ずっと元気で商いを続けてください」

三人は昔の蕎麦屋での思い出話に花を咲かせていた。

葵が注文した月見蕎麦はまだ運ばれてこない。

忘れられていそうだが、少しも腹が立たないのは三人の話を聞きながら自分と大和について考えていたからだ。

(私たちの場合は、いつものお寿司屋さんが思い出の店になるのかな)

月に一度、あの店で大和に会えるのが待ち遠しかった。

顔を見れば嬉しくて舞い上がりそうなのに、過保護に心配されるたびに子供扱いしないでと反抗した。

可愛くない自分の態度に落ち込み、彼への恋心を募らせたあの店は、年を取ってからもずっと通いたいと思う。

安岐村夫妻がこの蕎麦屋で誕生日を祝う気持ちがわかる気がした。

(ほんの少し会話を聞いただけだけど、素敵な夫婦の物語を垣間見た気分。こういうのって心が温かくなっていいかも)

馴染みの店での食事を通して、その人の人生を知る。そんな記事を書くのもいいと思っていると、店員が離れてから夫婦の話題が変わった。

「そうだ。三十一日にゴルフの予定が入ったんだ」

「大晦日《おおみそか》なのに？」

「その日しか全員の都合が合わなかったんだよ」

「どうしても行かないといけないの？　子供たちだって帰省してるのよ？」

「もとの職場の部下と社のやつらを引き合わせないとならん。これも仕事だ」

「もう。仕事って言えばなんでも許されると思って。どこのゴルフ場なの？　何時から何時まで？」

ぼんやりとした気持ちが吹き飛んでハッとした。

夫婦関係は素敵かもしれないが、そのゴルフに汚職の匂いがプンプンする。

いい話が聞けたとほくそえみ、注文の品がまだ来ないことをやっと店員に伝えた。


それから一時間ほどして、成果を得た葵は帰宅した。

マンションの玄関ドアを開けると、暗い廊下が延びて肌寒い。

今夜はひとりだと思うと寂しく、リビングのソファに置いてあった大和の部屋着を抱きしめた。

（今朝話したのに、もう会いたい）

その気持ちに間違いはないが、彼と一緒だと緊張もしてしまうので、気を抜けるひとり時間も貴重だと思い直した。

エアコンとテレビをつけ、キッチンに行く。

食器棚の引き出しから緑茶のティーバッグを出してマグカップに入れた。

月見蕎麦は美味しかったけれど、味が少々濃くて喉が渇いている。

やかんでお湯を沸かしながらテレビに視線を向けた。

報道番組が始まり、キャスターが深刻そうな顔で今日のトップニュースを読み上げる。

『今日十七時頃、自宅で拳銃を製造、所持したとして二十九歳の男が――』

逮捕されたのは縞森――美菜恵の夫だった。

現場の映像も間違いなく昨日まで葵が住んでいたアパートだ。

規制線が張られ、大勢の警察官が建物を取り囲んでいる。

犯人が拳銃を所持しているため、防弾着に身を包み盾を構えた警察官も複数いた。

その中を、捜査員に両腕を抱えられるようにして美菜恵の夫が現れ、警察車両に乗せられていた。

カメラのフラッシュが眩《まぶ》しいほど浴びせられている。

なかなかの大捕り物の様相だ。

(夜中のあの音は、拳銃を作っていた音だったの?)

大和はなにも言わないし、葵も聞いてはいけないと思い捜査について尋ねなかった。

まさか階下で拳銃を作っていたとは衝撃で、今さらながらに恐怖を感じ鳥肌が立った。

その恐怖で思い出したのは、父が殉職した事件だ。

父を撃った犯人が所持していたのも自作の拳銃だった。

決して大和のせいではないのに、彼は父の死に責任を感じていた。

贖罪の気持ちを今も抱えているのは伝わってくる。

自作の拳銃という共通点があるので、縞森の事件を大和は特別に思っていそうな気がした。

(だから大和さんは、この事件を完全に解決させたら私のすべてをもらうと言ったのかも)

恋人にはなったけれど、唇へのキスもまだない。

事件解決をもって贖罪の気持ちにけりをつけ、葵を愛そうとしているのかもしれない。

（深読みしすぎ？　でも大和さんなら考えそう）

正解かはわからないが、恋愛の進展が事件解決後までお預けである理由として納得できた。

報道はまだ続いている。

葵が知らなかった情報は拳銃についてだけではない。

先月の中旬に花火を自作している最中に誤って爆発させた事件があったが、あの犯人と縞森が要人を襲撃するテロ計画を企てていたというのだ。

逮捕者は他に四人いて、今日が一斉逮捕の日だった。

（大和さんが今日は帰れないと言った理由はこれだったんだ。こんな大きな事件を担当していたなんて……）

夜に時間を見つけて電話すると言ってくれたが、そんな暇があるのだろうか。

彼の多忙さを案じた時、まだ着たままのコートのポケットで携帯が震えた。

急いでコンロの火を止めて携帯を出すと、大和からの着信だった。

「もしもし」

『俺だ。今、家か？』

「帰ってきたところ」

『ニュースを見たか？』

「うん。すごく驚いた。ねぇ、もしかして引っ越しを急がせたのは、逮捕の時に私に危険がないようにするため？」

ふと思った疑問をぶつけた。

犯人が抵抗して銃撃戦になれば、巻き込まれる可能性がないとは言えない。

だから強引に引っ越しをさせたのかと推測した。

身の安全を考えてくれたのはありがたいが、残念な気持ちも拭えない。

『俺が耐えられない。離れて暮らせば月に二、三日会えるかどうかだ。葵はそれで平気なのか？』

胸をときめかせたあの言葉は、どれくらい本心だったのだろうか。

一拍置いて、大和が冷静な口調で答える。

『逮捕の日付は事前に話せないんだ。すまなかった』

「わかってるよ。安全面を考えてくれてありがとう。でも、離れて暮らすのに耐えられないと言ってくれた時、すごく嬉しかったから、本当の理由がそれだったのが少しだけ引っかかって――」

『嘘ではない。一番の理由はそれだ。葵と離れたくない。可能な限り一緒に過ごしたい。今、電話をかけているのも、お前のためというより自分のためかもしれない』

その声にわずかに焦りが感じられた。

大和は弁明しているだけかもしれないが、葵には恋心を刺激する甘い言葉に聞こえる。

くすぐったい喜びとときめきで、誰にも見られていないのに恥ずかしくて片手で顔を隠した。

返事ができずにいると、大和が嘆息した。

『頼む、信じてくれ。葵を愛しているんだ』

「う、うん。大丈夫。信じてるよ……」

(だからもう言わなくていい。心臓が壊れそう)

ホッとしたような声がして、明日の夜は帰宅するという約束をもらい、電話が切れた。

部屋が暖まったのでコートを脱ぎ、緑茶を淹れてソファに座るも、まだ照れくさい。

思いがけずもらってしまった愛の言葉が頭をリフレインする。

（私も愛してるって言えばよかったかな……む、無理。考えただけで顔から火が出そう）

縞森と仲間の逮捕の報道はまだ続いている。

逮捕時の映像が繰り返し流され、元警察官だという高齢の男性が解説を加えていた。

一大事になるところだったという話を聞いていると、やっと恥ずかしさから抜け出せて、代わりに気になったのは美菜恵だった。

昨日、引っ越し作業をしている時に、外に様子を見に来た彼女と少し話した。

『引っ越すことにしたんです。短い間でしたけどお世話になりました』

月並みな挨拶をした葵に、彼女は一瞬嬉しそうな顔をした。

上の部屋が空くのを喜んでいたのは間違いない。

（旦那さんが拳銃を作っていたこと、きっと知ってたよね。でも奥さんは逮捕されていない。どうして？）

事情聴取はされていると思うが、逮捕に至る証拠はまだないということか。

これは葵の勝手な考えだが、美菜恵自身にはテロを企てるような危険な思想はない気がした。

（ただ夫の力になりたくて、秘密が外に漏れないように協力していただけなんじゃな

いかな）
一生懸命に子育てしている母親という印象が強く、悪人には見えなかった。
夫が逮捕された彼女は、これから子供とふたりで生きていくのだろうか。
頼れる実家はあるのか、仕事は見つかるだろうかと心配した。

大和の家に引っ越してから半月ほどが過ぎた。

明日は大晦日だが、リビングに小さな鏡餅を飾ったくらいで日常はなにも変わらない。

ただ大和の忙しさは落ち着いて、今日は十八時に退勤したそうだ。

葵はアルバイトをしていたので彼より一時間ほど遅く帰宅し、先ほどふたりで寄せ鍋を楽しんだところである。

準備は大和がしてくれたので、片づけは葵が引き受け、その間に彼は浴室へ行った。

食洗器に入らない土鍋を手洗いしていると、大和がバスタオルで髪を拭きながら戻ってきた。

彼の入浴時間はいつも十分ほどと短い。

斜め後ろの冷蔵庫からペットボトルの水を取り出している彼に顔を向けた。

暑いのか上半身は裸で、引き締まった筋肉美を惜しげもなくさらしている。

湯上がりの彼は色っぽく、そう感じる自分を恥ずかしく思った。

こっそりと鼓動を高まらせていると、ふいに彼が振り向いた。

「なんだ？」

「あっ、なんでもない」

「代わるか？」

「ううん、私が洗う」

（見惚れていたなんて言えないよ）

追及はされず、ソファの方へ行ってくれたので助かった。

部屋着のトレーナーを着た彼は、座ってタブレットでニュースをチェックしているようだ。

洗いものを続けながら、その横顔をチラチラと見てしまう。

（ねぇ大和さん、事件の完全解決っていつなの？）

聞きたくても口に出せない疑問が胸にくすぶる。

縞森が逮捕されてからしばらく経つのに、大和はなにもしてこない。

クリスマスはいつもの寿司屋でご馳走になり、新しいコートをプレゼントしてくれたが、やはり色っぽい展開にはならなかった。

今日か明日かと緊張して待っているこちらの身にもなってほしいが、その気持ちをぶつけられずにいる。

催促していると思われると恥ずかしいからだ。

(期待しているわけじゃないよ。落ち着かないこの気持ちをなんとかしたいだけ。少しくらい、恋人らしい雰囲気がほしいとは思うけど)

土鍋を洗う手に力が入る。

一緒に暮らして同じベッドで寝ているのに、キスもない。

事件解決まで手を出さないという大和の誓いにはキスも含まれているようだ。

(ねぇ、いつなの？　大体でいいから教えてよ)

何十回と繰り返してきた無言の問いを、今も心の中だけでぶつけ、恨みがましい目でじっと見てしまう。

するとタブレットから顔を上げた彼が、視線に気づいたかのようにこっちを向いた。

「どうした？」

「な、なんでもない」

「代わるか？」

「今、終わったところ」

先ほどと似たやり取りを繰り返す。

追及されては困るので、急いでエプロンを脱ぐとリビングのドアへ向かった。

「私もお風呂に入ってくるね」

（変に思われるから、これについて考えるのをやめないと）

ちょうどいい広さの浴室は、壁の一面が黒い大理石風の模様になっていてお洒落だ。

足を伸ばして入れる湯船が嬉しい。

湯に浸かってリラックスし、気持ちを切り替えようと思ったが、自分の小ぶりな胸や柔らかさの足りない痩せた手足を見ていると、どうしても心がそのことに戻されてしまう。

（最近、帰りが早いし、もしかしてとっくに事件が解決していたりして）

『この事件を完全に解決させたら、葵のすべてをもらう』

そう言ったのを忘れているのではないかと疑った。

（それとも覚えているけど、手を出す気になれないとか？）

貧弱な体では欲情できないのだろうと、勝手な憶測で落ち込みそうになる。

二日前、沢の自宅までセクシードレスを返しに行ったのだが、その時に言われたことを思い出した。

『悩む必要ある？　抱いてって言えばいいだけでしょ』

大和と恋人関係になれた報告の流れで、色っぽい展開にならないという悩みを打ち明けたのだが、少しも共感してもらえなかった。

（そんな恥ずかしい台詞、口が裂けても言えない。というか、抱かれる日を心待ちにしているわけじゃないから）

この場にいない友人に反論し、勢いよく湯船から上がって力任せに髪を洗う。

（こんなことばかり考えていられない。明日はいよいよ大晦日なのに）

追っている元官僚のゴルフの日。

農林水産省の元部下の官僚と食品会社の幹部を引き合わせる話をしていた。

スクープ写真が撮れる絶好のチャンスだ。

ゴルフ場の下調べはすんでおり、準備は万全なつもりでいる。

気合いが入ったことで気持ちを切り替えられ、お風呂から上がると、まだソファでタブレットを見ている大和の横に立った。

「明日の仕事は早朝からなんだ。大和さんが起きる頃にはもう家を出てる」

凛々しい眉の下の精悍で美麗な目。視線が合った途端に鼓動が跳ねる。

せっかく恥ずかしい悩みから心を離せたと思ったのに、早くも引き戻されそうだ。

思わず目を逸らすと、手首を掴まれ引っ張られた。

「わっ！」

お尻をついた場所は彼の膝の上で、横座りの姿勢で腰をホールドされた。

驚いて一瞬、今日がその日なのではと心臓を波打たせたが、訝《いぶか》しげな目を向けられたのですぐに違うとわかった。

「なんの仕事だ？」

「ライターの仕事でゴルフ場。ターゲットの汚職の証拠写真が撮れそうだから」

やましい思いはないので嘘はつかない。

怪しむような視線や逃げられない体勢に困惑しつつも、心臓が早鐘を打つ。

拳三つ分の距離に端整な顔があるのだから当然だ。

すると大和の眉間の皺が解けた。

「嘘をつかれると思っていたが」

「どうして？」

「危ないからやめろと言われたくないだろ？」

心配されると胸が痛いが、今回は危険がないと思っている。

遠くから望遠レンズ付きのカメラでシャッターチャンスを狙うだけだ。

ホテルで多野元を尾行していた時に比べると、逃げ場が広い分、安全だろう。

けれども続く彼の言葉にギクリとする。

「様子がおかしいのは、そのせいだと思っていたんだが」

「おかしいって、どこが？」

「ここ最近、気づけばお前に見られている。俺に隠し事をしていないか？」

（鋭い！　どうしよう、なんとかごまかさないと）

いつ抱いてくれるのかなんて聞けるわけがない。

焦って顔を逸らすと、大きな手で頬を挟まれて戻された。

「正直に言え」

「言わない」

「言ってくれ。気になって仕事が手につかない」

困り顔をされると申し訳ない気持ちになる。

すべてを正直に言うのは難しいが、安心してもらうために少しだけ心境を明かした。

「前に自然体でいろって言ってくれたでしょ？　あれ、無理みたい。大和さんが気になって、気づけば目で追ってる。でも目が合ったらドキドキして恥ずかしくて、普通じゃいられないの」

彼の表情から険しさが取れ、フッと笑った。

「そうか。俺と同じだな」

「えっ？」

葵の目にはいつもの彼と変わらないように見える。

同じはずがないと思っていると、片手を彼の胸に当てられた。

「いつもより脈が速いだろ？　お前を膝にのせているのに、普通ではいられない」

（わかんないよ、そんなの……）

耳をつければ速い心音を聞けるのかもしれないが、そんな大胆なことはできない。

熱い顔で困惑していると、先に視線を逸らしたのは彼の方だった。

天井に向けて息を吐き、なにか呟いている。

「あと少し、耐えないと……」

「えっ、なんて言ったの？」

問い返しても答えてくれない。

その代わりに背中に両腕を回されて抱きしめられ、「愛してる」と甘く囁かれた。

翌朝、日も昇らないうちに葵は出かける支度をし、玄関で座ってスニーカーを履いている。

大晦日も大和は仕事だ。

寝ている彼を起こさないように気をつけていたつもりだったが、リュックを背負って立ち上がると寝室のドアが開いた。

スウェット姿で髪に寝癖がついていても、大和は素敵だ。

「出るのか？」

「うん。起こしちゃってごめん。行ってくるね」

「少し待ってろ」

大和が急いでリビングから持ってきたものは、使い捨てカイロだ。

「外での張り込みは冷えるぞ」

「ありがとう」

「もう少し厚着した方がいいんじゃないか？」

「あったかインナー着てるから大丈夫」

「だが襟元は寒そうだ」

今度は寝室に引き返し、自分のマフラーを取ってきて首に巻かれた。

裏起毛のデニム生地のパンツにダウンジャケット、マフラーとバイク用のレザーグローブ。使い捨てカイロの封を切ることはない気がした。

（暑いんだけど）

大和の過保護は健在なようで、呆れの目を向けても重ねて心配される。

「帰宅は何時頃だ？　暗くなる前に帰ってこい」

「たぶんお昼くらい。ハーフラウンドって言ってたから、昼くらいに終わって昼食を食べて解散だと思う。クラブハウスの出入り口でシャッターチャンスを狙うよ」

本当はゴルフコースに忍び込み木々の陰からプレー中の様子を撮影するつもりだが、警察官である大和の立場を考えて侵入するとは言わなかった。

けれども、その思惑は見透かされているようだ。

「スクープより安全を優先しろよ。ゴルフのルールを知っているのか？　キャディが『ファー』と叫んだら、ボールが飛んでくるかもしれないから気をつけろ。バイクのヘルメットをかぶっていた方がいい」

（侵入については見逃してくれるんだ。でもヘルメットはどうなんだろう。白だから目立つでしょ。不審者ですって言ってるようなものだよ）

指示に従えそうにないが、「わかった」と真顔で頷いた。

ここで反論をして足止めを食うわけにいかないからだ。

「いってきます」

「くれぐれも気をつけて取材しろよ」

過保護な心配からやっと解放されて外に出る。

東の空がうっすらと明るくなっていて、日の出はもうすぐだ。

大晦日の早朝は人通りがほとんどなく、目の前の四車線の道路も車がまばらである。

(空いていて気持ちいい)

口角を上げて愛車を走らせる。

まっすぐにゴルフ場に行って待ち伏せるつもりなのだが、ふと思い直して安岐村の自宅へと進路を変えた。

(ないとは思うけど、急に都合が悪くなって延期やキャンセルなんてことになったら、ゴルフ場で待ちぼうけになっちゃう)

大和の心配性が移ったのかもしれない。

そう思って苦笑いしたけれど、その判断は正しかった。

少し離れた場所から安岐村の自宅を見張っていると、七時ちょうどに迎えの車が到着した。

運転手の若い男性に見覚えがある。

大手食品会社の玄関前で安岐村を見送っていた彼の秘書と思われる社員だ。

スーツ姿なのでプレーはせず、送迎係なのだろう。

安岐村を乗せて走り出した車は、なぜか目的地と違う方角へ向かう。

(どういうこと?)

戸惑いながら追っていると、着いた場所は似た名前の別のゴルフ場だった。

蕎麦屋で葵が聞き間違えたのか、それとも安岐村が言い間違えたのかわからないが、待ちぼうけを食らわずにすんでホッとした。

(危なかった。大和さんの心配性に感謝しないと)

安岐村がゴルフを始めた頃には辺りがすっかり明るくなり、青空が広がっている。

立ち並んだ木の陰に身を隠した葵は、隣のホールとの境になるOBエリアから夢中でシャッターを切った。

(すごい。美味しい写真がたくさん撮れる)

食品会社側は安岐村の他に幹部がふたりいて、農林水産省の官僚はひとりだ。

キャディをふたりつけてゴルフを楽しんでいる。

声は届かないが会話も弾んでいる様子で、見ているとほのぼのとした気分にさせられる。

けれども親しくなったそのあとはきっと、官僚から食品会社になんらかの便宜が図られるはずで許しがたい。

正義感を刺激された葵はシャッターを切る指に力を込めた。

（できれば会話も聞きたい。近くにある低木、あそこに隠れたら聞けるかも）

木々に隠れながら移動しようとしたその時、「ファー！」という大声が聞こえた。

安岐村たちに同行しているキャディの声ではない。

どうやら隣のホールでプレイ中の客が打ったボールが、こちらに飛んできたようだ。

とっさに頭を隠したが、ガサッと枝が揺れた場所は七メートルほど先でホッとした。

その時、斜め後ろから声をかけられる。

「どなたですか？」

ビクッと肩を揺らして振り向くと、女性キャディが数歩離れた場所に立っていた。

ボールを捜しに来て葵を見つけたのだろう。

（マズイ）

「ええと、これは、その……」

ＯＢエリアでカメラを構えた侵入者。

言い訳できずに頭を下げて謝る。

「勝手に入ってすみません。すぐ出ていきますので」

出口へと走り出そうとしたが、キャディに呼び止められる。

「待ってください。高野さん、ですよね？」

「えっ」

なぜ名前を知られているのかと驚いて振り向くと、キャディが帽子の大きな鍔《つば》を上げて顔を見せてくれた。

「縞森さん⁉」

美菜恵に会うのは半月ぶりほどだ。記憶にある姿よりやつれて、疲れたような目をしている。夫が逮捕され、生活が一変しただろうから無理もない。

けれども会えてよかったと言いたげに微笑んでくれた。

美菜恵を心配していたので、無事な姿を見られて葵も嬉しいが、なんと声をかけていいのかわからずうろたえた。

思わず片足を引いてしまうと、彼女が笑みを消した。

「私のこと、怖いですよね。夫が世間をお騒がせして大変申し訳なく思っています」

「あっ、違うんです。事件は驚きましたけど、縞森さんとは何度もお話していますし怖いとは思いません。どうされているんだろうと思っていたので、会えて嬉しいです。ここでキャディの仕事をされているんですね」

「ええ。働かないと生活していけない状況になったので」

「そうですか」

夫の逮捕で傷ついているだろうから事件について触れないようにしたいが、なかなか難しい。

言葉に詰まると、今度は美菜恵が問いかけてくる。

「高野さんは、ここでなにをされていたんですか？」

「えっ、あの、実は——」

これまで職業について話す機会がなく、フリーライターであることを初めて明かした。

その途端、彼女が怯えた顔をしたので、勘違いされたと思い慌てて釈明する。

「縞森さんを追いかけてはいませんので安心してください。私のターゲットはあの人たちです」

話しているうちに、安岐村たちはカートに乗って移動を始めていた。

追いかけたいところだが、美菜恵に事情を話して顔見知りのよしみで侵入を見逃してもらうしかない。

「元官僚の汚職スクープを狙っていたんですが、いい写真が撮れたのでもう帰ります。勝手に入ったこと、どうか内緒にしてください。すみませんでした」

頭を下げて頼み込み、それから遠ざかる安岐村たちを物惜しげに見る。

「できればなにを話しているのか、会話も聞きたかったけど……」

すると美菜恵から思いがけない申し出をされる。

「会話の録音ならできると思います。協力しますよ」

多くのゴルファーがそうするように、安岐村たちもクラブハウスのレストランで昼食をとるだろう。接待ゴルフならおそらく個室を予約していると思うので、録音機材をテーブルの下に仕掛け、回収もしてくれるという。

願ったり叶ったりな提案だが、迷惑をかけるかもしれないので遠慮する。

「もしバレたら縞森さんがクビになってしまいます。私のために、そんなリスクを背負わせられません。写真だけでも記事は書けますので」

そうですかと引き下がると思ったのに、半歩前に出た美菜恵に真剣な顔で頼まれた。

「私が協力したいんです。やらせてください」

「どうしてですか？」

「高野さんには色々とご迷惑をおかけしたので、償いと言いますか……。それだけじゃないです。誰かのためになにかしたいんです。人の役に立てないと私、生きている意味がわからなくなってしまう」

切実そうな顔をする美菜恵に心打たれた。

人の役に立ちたいという思いは共感できる。

子供の頃、警察官だった父に憧れ自分もそうなりたいと思ったが、父の葬式で犬死にと言った警察幹部に幻滅し、夢を手放した。

その代わりに筆で悪を裁こうとライターになったので、根底にある思いは美菜恵が言ったことと同じだ。

「お願いします」

小型のボイスレコーダーをポケットから出して渡すと、美菜恵が口角を上げて頷いた。

時刻は十六時半になるところだ。

葵はゴルフ場近くの二十四時間営業のファミリーレストランにいる。

美菜恵とは連絡先を交換して別れ、十四時頃に電話がかかってきた。

仕掛けたボイスレコーダーを無事に回収したという報告だ。誰かに見つかって彼女に迷惑をかけたらどうしようとハラハラしていたので、ホッとした。

そして今、美菜恵から二度目の電話がかかってきた。

「はい、高野です」

『お待たせしてすみません。今、仕事を上がりました』

「おつかれさまです。色々とありがとうございました。すぐにゴルフ場に戻りますね」

『私が届けに行きますと言いたいところなんですけど、ちょっと疲れてしまって。すみませんがこちらで待っています』

日没は間もなくだ。

ナイター設備のあるゴルフ場だが、日没後はコースの半分は営業していないそうで、ゴルファーのいない三番ホールのティーグラウンドで待ち合わせしようと言われた。ティーグラウンドとは、ホールのスタート地点のことだ。

(受け取るだけだから、そんなに人目を忍ばなくていいのに。門のところじゃダメなの?)

そう思ったが、協力してもらった上に疲れていると言われては反対できない。

なるべく美菜恵の意見に沿いたいと思った。

待ち合わせを約束して電話を切り、ファミリーレストランを出る。

愛車に乗ろうとしたところで、また電話が鳴った。

今度は大和からだ。

出るや否や『どこにいる？』と低い声で問われた。

早く帰ると話していたのに、まだ帰宅しないから心配したのだろう。

それは申し訳ないが、この時間、彼はまだ仕事中だと思っていた。

忘れていたわけでも、心配させたかったわけでもない。

「連絡しなくてごめん。今、近くのファミレスからゴルフ場に戻るところ。遅くなった事情は帰ってから話すよ。相手を待たせてるから今は急がないと」

『相手？　誰のことだ？』

大和の声が険しくなる。

警察の勘が働いたのかもしれず、ギクッとした。

（縞森さんの名前を出したら絶対に心配される。奥さんはいい人だけど、旦那さんに協力していただろうし）

それについても事後報告にした方がいいと判断し、会話を切り上げようとする。

「全部、帰ってから話す。本当に時間がなくて」

『待て。今、調べているが、ゴルフ場の近くにファミレスが見つからないぞ。どこにいるんだ？』

大和には昨日、別のゴルフ場の名前を伝えていた。

「そこじゃなかったの。名前が似ていたから間違えた」

これから向かうゴルフ場の正しい名前を伝え、「ごめん、切るね」と携帯を耳から離した。

『待て！　そこは――』

大和がなにかを叫んでいたが、指先が通話終了に触れていた。

マナーモードにした携帯をリュックにしまい、エンジンをかける。

（ごめん、大和さん。小言は帰ってから聞くから）

危険がないといっても、帰宅時間が遅れただけで彼は心配する。

（このスクープは絶対にものにしたいけど、次の仕事はどうしよう。こんなふうに心配させたくないな……）

ここ最近、ずっと考えている問題だ。

過保護はやめてと反抗していた頃とは心境が違う。

愛してくれるから心配せずにいられないのだと、大和の気持ちが伝わるので悩むのだ。

ゴルフ場まで戻り人気《ひとけ》のない場所に愛車を止めると、日が沈んで辺りはすっかり暗くなっていた。

美菜恵から説明された通り、クラブハウスに面した左側のコースの半分は照明が灯されておらず、右側の九つのホールだけで夜間の営業をしているようだ。

従業員に見つからないよう忍び込み、指定されたホールを目指す。

（建物から結構遠いのに、なんで三番ホールなんだろう。絶対に見つかりそうにない場所ってことかな？）

舗装されたカート道を急ぎ足で進む。

木々を隔てた右側の営業中のホールから照明が少し届くので、足元に不安はないが、履いているスニーカーのロゴは見えない暗さだ。

十五分ほどかけてやっと三番ホールに着いた。

（遠かった。縞森さんは……）

開けたティーグラウンドに立ち、薄闇の中で辺りを見回す。

少し先は池になっていて、暗い水面が奥へと広がっている。

その向こうにグリーンがあるのだろう。

美菜恵はOBエリアに潜んで待ってくれていたようで、すぐに駆け寄ってきた。

「縞森さん、お待たせしてすみませんでした。危ないことをさせてしまって、それについても申し訳ありません」

リスクを承知で協力してくれた美菜恵に心から感謝している。

きっとハラハラして緊張したことだろう。

彼女を疲れさせた原因が自分にあると思うので、頭を下げて謝った。

美菜恵は私服に着替えていて、寒いのか黒っぽいロングコートのポケットに両手を入れている。

「危ないとは少しも思いませんでしたよ。官僚と企業の役員と言ってましたっけ。あのおじさんたち、調子のいいことばかり言って馬鹿みたいにヘラヘラ笑ってたんです。信念もなにもありそうになくて、あんな人たちがこっちの企みに気づくわけありません」

（えっ……）

葵の中での美菜恵のイメージはいい。結婚して子育てを頑張っている同世代の女性は、自分よりずっと先を進んでいるような気がする。

それだけで感心するのに、彼女は夫が逮捕されて生活が一変し、苦境の中でひとりで子供を育てようと一生懸命に働いている。人の役に立ちたいからと協力までしてくれて、かなり好印象を抱いていた。

そんな彼女がついた悪態に面食らう。

(健気《けなげ》なタイプだと思っていたのに……)

美菜恵の人柄をわかっているつもりになっていたが、よく考えると何回か話したことがあるだけのただの顔見知りだ。いい人だと決めるのは早いのかもしれない。

少しだけ警戒し、早く用をすませようと作り笑顔でお願いする。

「早速ですみません。ボイスレコーダーをいただけますか?」

「ええ」

美菜恵がポケットからボイスレコーダーを取り出した。

それを受け取れば今日の仕事は終了で、大和の待つ自宅に帰れると気を緩める。

手を差し出したその時、葵は驚きの声を上げた。

美菜恵が後ろに向けて、思いきりボイスレコーダーを投げたからだ。

池の方からポチャンと水音がして、たちまち慌てる。

「せっかくの汚職の証拠が!」

今まで協力的だったのになぜ急に態度を変えたのか。

信じられない思いでいると美菜恵がこちらに向き直り、恨みがあるような目で見てきた。

(逃げないと……)

なぜ恨まれているのかわからないが、直感的に危険を察知して後ずさり、三メートルほどの距離を取った。

すると美菜恵がまたポケットからなにかを取り出した。

両手で構えるそれは拳銃で、殺意まで持たれていることに恐怖して立ちすくんだ。

「ど、どうして……」

震える声で問いかけると、美菜恵が薄く笑った。

「私がなにも気づいていないとでも思ってるの？　あなたが警察に協力したせいで夫は逮捕された。そうでしょ？」

なぜ警察に嗅ぎつけられたのかと考えて、思い浮かんだのは上階に住んでいた葵だという。

まるで逮捕の日付がわかっていたかのように前日に引っ越したのが引っかかり、警察の協力者だったのではないかと推測したそうだ。

大和が警察官だというのも同時に気づいたらしい。

「おかしいと思ってたのよ。高野さんとは明らかに年も離れているし、とてもじゃないけどお似合いだと思えなかったから」

アパートの正面玄関で大和に初めて会った時、大人の雰囲気が漂う美形で、仕事ができそうな印象を受けた。

顔が似ていないから兄ではなさそうだし、友人にも見えない。

葵の職業をフリーターだと思っていたので仕事の関係者でもないと判断し、消去法で彼氏なのかと問いかけたそうだ。

『お似合いです』と言ってくれたが、本心ではなかったらしい。

(そんなに不釣り合い？　今は本当に恋人なんだけど……)

ショックを受けている場合ではなく、銃口がこちらに向いているので余計なことも言えない。

なんとか逃げようと方法を模索している葵に、美菜恵は続ける。

「今日、ライターだと言われて、やっとすべてが腑に落ちたわ。仕事上、警察と知り合いになってもおかしくないもの。彼氏だと嘘をついて、真上で私たちを盗聴していたんでしょ。音が漏れないように気をつけていたのに、悔しい」

直斗の夜泣きは、録音を繰り返し流していたものだったと明かされて驚いた。

銃の製造音に気づかれないようにするためと、隣と真上の部屋の住人を引っ越しさせて空室にするためだ。

子供の夜泣きなら仕方ないと諦めてくれる人が多く、たとえうるさいと通報されても警察は同情的な態度でいてくれる。

(抱っこしてあやして、親は大変だと思ってたのに。すっかり騙《だま》された)

美菜恵のイメージがどんどん悪い方へと落ちていく。

それが葵の正義感に触れて、怖くても確かめずにいられない。

「あなたもテロを起こそうとしていたんですか?」

銃の密造に協力させられていただけだと思っていたが、実はテログループの一員だったのだろうか。

不快感を隠さずに問うと、少しだけ美菜恵の表情が曇った。

「違うわよ。私はただ、夫の役に立ちたかっただけ。私の恩人だから……」

「恩人?」

「独身の頃、勤め先で先輩から嫌がらせされていたの。毎日つらくて、いっそ死んでしまおうと屋上から飛び降りようとした時に、夫が助けてくれたのよ」

彼女の夫は、同じ会社の別の部署に勤めていたそうだ。

「夫は正義感が強いの。テロって言うけど、世直しなのよ。だから、あの人は悪くない」

言い訳するような弱気な口調だ。

夫の悪事を肯定するようなことを言っても、本心は違うのではないかと思った。

(説得が通じるかもしれない。なんとか思い直してもらわないと)

殺されたくないという思いの他に、美菜恵を悪人にしたくないという気持ちもある。

「旦那さんに助けられた過去があるから、役に立ちたかったというのはわかりました。でも、それなら協力ではなく止めてあげた方がよかったのでは？　暴力以外の方法で世直ししてと言うべきだったと思うんです」

「意見できないわよ。そんなことをすれば嫌われる。あの人の愛を失ったら、私は生きていけないの」

「失礼ですけど、縞森さんご夫婦の間に愛情があるように思えません。旦那さんは言うことを聞くコマとしてあなたを見ていたんじゃないですか？　あなたも、愛ではなく依存しているだけです。本当に愛情があるなら、相手を危険な目に遭わせたくないと思うはずですから」

美菜恵の心に届いてほしいと必死に訴えた。

その説得の言葉は同時に自分の胸にも響く。

(大和さんが私に仕事を辞めてほしいと思っているのは、危険な目に遭わせたくないからだよね。私、ずっと前からすごく愛されていたんだ。もう心配をかけたくない。大和さんの愛情に応えないと)

最近の悩みに結論を出せそうな気がしたその時、パンッと大きな銃声が響いた。

葵の足元の冬枯れした芝が散る。

美菜恵に鋭く睨まれて、強い恐怖に固まった。

「あなたに私たち夫婦のなにがわかるというのよ。勝手なことばかり言って私を怒らせて、今の状況わかってないの？　この拳銃はおもちゃじゃないのよ」

それは彼女の夫が半年ほど前に作った試作品で、それだけ別の場所に保管していたので警察に押収されなかったそうだ。

試作品なので強度が落ちるが、三発は撃てると夫が保証したらしい。

「ま、待ってください。直斗くんはどうするんですか。私を殺せばあなたは逮捕されます。一緒に暮らせなくなったら、直斗くんが可哀想です」

なんとか思い留まらせなければと子供の名を出した。

けれどもかえって美菜恵の逆鱗に触れてしまう。

「もうすでに一緒に暮らせなくなったわよ」

「えっ?」

世間ではテログループが一斉に逮捕されたことで一件落着とされ、ここ数日、ニュースで扱われていない。

けれども警察は美菜恵を毎週呼び出し、取り調べを続けているそうだ。

そのため都外への引っ越しは禁じられており、直斗は児童相談所に一時保護されている。

面会も制限つきで、「まるで人質よ」と吐き捨てるように美菜恵が言った。

葵に向けられている視線に鋭さが増す。

「夫と子供を奪われたの。あなたのせいで。十分に殺す理由になるでしょ?」

説得の言葉が見つからず、焦りと恐怖が増すばかり。

(どうしよう。いちかばちかで走って逃げる?)

それしかないと思ったが、考えを読まれたのか、素早く距離を詰められ心臓の位置にピタリと銃口を当てられてしまった。

「そこの池、結構深いんですって。ロストボールを狙った侵入者が溺死したことがあるそうよ。選ばせてあげる。自分から池に入るか、撃たれて死ぬか、どっちがいい？」

子供の頃は学校のプールを何往復も泳げたが、冬の夜の池に着衣のままで入れば溺れる予感しかしない。

（どっちも嫌だけど、撃たれて死ぬのだけは絶対に避けないと）

大和を思えばこその選択だ。

もし葵が自作の銃で命を落とせば、父の死と重ねてしまうかもしれない。

そんなつらい思いはさせられないと考えた。

「池に入ります」

「そう」

今度は銃口を背中に当てられた。

震える足でゆっくりと池に向かいながら、死を覚悟して大和に謝罪する。

（ごめんね。無事に戻れなくて）

わずかな距離を歩く間に、大和との思い出が次々と浮かんでくる。

父の葬儀で謝ってくれたのは彼だけで、この人は信じられると直感した。

祖母とのふたり暮らしの家を度々訪れては、色々と世話を焼き支えてくれた。

兄のように慕い、その気持ちが恋へと変化してからは素直になれずに反抗した。

自分でも呆れるほどだったのに彼は見捨てず、いつも助けてくれて、その優しさが嬉しくもあり、妹扱いされていると思うと悲しくもなった。

兄妹のような関係が崩れたのは、捜査協力という目的のもとで一緒に暮らしてからだ。

腕枕をしてもらった時のときめきと緊張に、両想いだと知った時の喜びと幸せ。

恋人になってからの日々は、思い出にするには日が浅く、始まったばかりなのにと悔しくなった。

(嫌だ。死にたくない。もう一度だけでも大和さんに会いたい。だって私、まだ伝えていない言葉がある)

『愛してる』

これまで大和は三度もそう言ってくれたのに、葵は恥ずかしくて同じ言葉を返せていない。

言えばよかったと後悔すると、諦めたくない気持ちが急激に膨らんだ。

(まだ死ねない。生きて大和さんのところに帰らないと)

暗く広がる水面を前に足を止めていると、背中に当たる銃口に力が加わった。

「早く入りなさいよ」

「できない……」

「は？」

勢いよく振り向いて銃身を両手で掴み、銃口を逸らした。

パンッと大きな音がして二発目が発砲されたが、銃弾は水面に吸い込まれただけ。

そのまま拳銃の奪い合いになる。

「離しなさいよ！」

「絶対に離さない。生きて、帰るんだから！」

必死に抵抗していたが、足が滑って体勢が崩れた。

「あっ」

腹部を蹴られて濡れた芝生に尻もちをつき、銃身から手が離れてしまう。

「終わりよ」

二歩の距離で銃口を頭に向けられ、今度こそ死を予感したその時――。

風のように誰かが駆けてきた。

目の前に飛び込んできたその人は、葵が驚くよりも先に長い足で美菜恵の手元を蹴り上げた。

池の遠くの方で、拳銃が落ちた水音がする。

そうかと思ったら今度は悲鳴が上がった。

その人の手によって、美菜恵が芝生の上でうつ伏せに倒されていた。

瞬く間に彼女を制圧したスーツ姿の男性は——。

「大和さん」

彼だけではなかった。

たちまち大勢の警察官に囲まれて、美菜恵が連行されていく。

赤色灯をつけたパトカーも、列をなして近くに止められていた。

死を覚悟してからわずか十数秒後の出来事で、葵は尻もちをついたまま呆然としている。

息を弾ませた大和が、葵の前に片膝をついた。

「怪我は？」

「ない」

深いため息をついた大和にきつく抱きしめられた。

「生きた心地がしなかったぞ。勘弁してくれ」

「ごめんね」

「無事でよかった」

心底ホッとしているような吐息がうなじにかかる。

冷え切った頬が彼の頬の熱で温められ、いつもベッドで感じている彼のいい香りに包まれた。

助かったのだとやっと実感して気を緩めると、涙も感情も一気にあふれた。

「死にたくなかったの」

「当然だ」

「もう一度だけでも、大和さんに会いたかった」

「一度で終わりにするな」

「すぐ言わないと」

「なにをだ？」

少しだけ体を離し、涙がにじむ視界に彼を映した。

「愛してる。ずっと前から、すごく、すごく」

彼の目が見開かれ、それから嬉しそうに細められた。

頷いてもくれて、気持ちが伝わったとわかったけれど、まだ足りない気がする。

「もっと言っておかないと。言えなくなったら死ぬほど後悔するもの。私、大和さんを愛し――」

スーツの胸に顔を押し当てられ、それ以上は言わせてもらえなかった。

「なにがあっても俺が守るから、言えなくなることはない」

「でも」

「それでも言いたいなら、帰ってからにしてくれ。盗み聞きをしている奴がそこにいる」

(誰?)

黒いコートを羽織ったスーツ姿の警察官がこちらに近づいてきた。

天使のようにきれいな顔でニヤニヤしているその人は、井坂だ。

「盗み聞きじゃなく、堂々と聞いてたよ。少し前までそんな関係じゃないとか言ってたくせに、ラブラブじゃん。藪のコラージュ写真が現実になる日も近そうだね」

(やぶ? コラージュ?)

なんのことかわからず説明を求めて大和を見たが、視線は合わない。

「なぜ知ってる? 藪が自分から見せるとは思えないが」

「仕事を頼みに行ったらさ、膝抱えてたから優しくわけを聞いたんだよ。お前を喜ばせたかったのに叱られたって落ち込んでたぞ」

「あとでフォローしておく」

井坂はクックッと笑っていて、嘆息した大和の視線が葵に戻された。

「なんの話か聞いてもいい？」

「すまない。機密事項なんだ」

バツの悪そうな顔で大和が答えると、井坂が片手で口元を押さえた。

吹き出すのをこらえているような様子で背を向けると、もう一方の手をヒラヒラと振る。

「事後処理はこっちに任せて、加賀見は葵ちゃんについてなよ。報告はお前のところにも上げるから」

「そうさせてもらおうか」

事件後の捜査が粛々と行われている中で、大和に抱き上げられた。

「わっ」

「首に腕を回して掴まってろ」

じろじろ見られているわけでなくても、大勢の警察官が立ち動いているので恥ずかしい。

「怪我してないから歩けるよ」

熱い顔で周囲を気にしたが、大和は下ろしてくれず、まっすぐに警察車両へ歩を進めた。

「俺が離したくないんだ」

どれだけ心配し、不安だったのかを物語るようなその言葉に、「うん」と小声で呟く。

言われた通りに首に両腕を回してしがみつくと、力なく謝った。

「ごめんなさい。もう心配かけないと約束する」

「ああ。頼む」

愛する人を不安にさせてまで貫く正義は、真の正義とは言えない気がした。

優しい揺れに身を任せながら、仕事について考え直す時がきたのだと感じていた。


翌日は元旦だが、大和とふたりでのんびりおせち料理を食べてはいられない。

美菜恵の事件のせいで大和は早朝から登庁し、葵も昼前から警視庁に呼び出されて事件の経緯を聴取された。

夕方までかかったが、一日ですんだので短い方だろう。先に大和が経緯を説明してくれていたのだと察した。

十七時半に帰宅して、すぐにテレビをつけた。

正月の特番ばかりだが、合間に挟み込まれたニュースで、自分が被害者となった事件を報道していた。

それを見ながら美菜恵について考える。

お人好しではないので可哀想とは思えないが、改心してほしいと切に願った。

(心まで旦那さんに支配されてる感じだった。どうかそこから抜け出して。罪を償ったそのあとは、大きくなった直斗くんと一緒に幸せになってほしい)

感傷的な気分になりかけてテレビを消し、キッチンに立つ。

白いセーターの上にエプロンをつけて冷蔵庫を開けた。

大和はまだ帰宅していないが、連絡がないので泊まりではないだろう。

今からおせち料理を作る時間はないけれど、ふたりで雑煮を食べて少しは正月気分を味わいたい。

昆布と鰹節でだしを取り、すまし汁を作る。

具材は鶏肉としいたけ、紅白のかまぼこ、三つ葉と車エビだ。

(うん、美味しい)

雑煮の作り方は祖母から教わった。祖母が他界してからも毎年、正月には忘れないように必ず作り、ひとりで食べていた。

(今年は大和さんと一緒に食べられる。ううん、今年だけじゃなく、ずっとだ)

自然と笑みがこぼれ、大和の帰宅を待ち遠しく思う。

すると思いが通じたかのように、玄関ドアが開く音がした。

「ただいま」

「おかえり」

リビングの入り口に大和の姿が見えると、たちまち心が弾む。

オーブントースターにふたり分の餅を入れてスタートボタンを押し、ソファの横で黒いコートを脱いでいる彼に笑顔を向けた。

「お正月から大変だったね。おつかれさま」

「葵も疲れただろ。なるべく短くと言っておいたんだが、長くなってすまなかった」

「大丈夫だよ。担当してくれた人は親切だったし、聞かれたことに答えていただけだから。大和さんはきっと忙しかったよね。私のせいで、ごめんね」

「いや、葵のおかげで縞森美菜恵を逮捕できたんだ。感謝している。だが、二度とやるな。警察が取り調べしている相手だとわかっていながら、協力を頼むとは何事だ」

大和の眉間には、深い皺が刻まれている。

説教されても仕方ないと思うので、言い訳せずに頷いた。

「反省してます。それと、まだ言ってないことがあって……」

「今度はなにをやらかした？」

「違うよ。私の仕事の相談。もう、辞めようと思うんだ」

権力者の汚職を暴いてスクープする。それを自分の正義として走ってきたが、大和を不安にさせてまで続けるのは違うと感じた。

最近の心境の変化を話すと、大和が驚いたような顔をした。

それからキッチンに来て、ホッとしたように微笑む。

大きな手が葵の頬に触れた。

「決断してくれてありがとう」

「私の方こそ、お礼を言わないと。最近、辞めろって言わなかったのは、私が自分で決めるのを待っていたからでしょ？」

きっとそうだろうと思って聞いたのだが、大和が眉尻を下げた。

「いや。お前が俺の仕事を理解してくれていたからだ。だから俺も、葵の仕事を応援しなければと自分に言い聞かせていた」

大和の口から公安警察だと語られたことは一度もない。

気づいていながら葵が聞かないのは、公安警察がそういうものだと知っているからだ。

捜査に協力した時も、自分からは仕事内容について触れないようにしていた。

葵のその配慮に大和も気づいていたそうで、今も公安だとは口にしないけれど、

「ありがとう」と微笑した。

「俺のために、我慢させてばかりだな。すまない」

「大和さんが気に病む必要ないよ。自分で決めたことだから、納得できてる」

「葵……」

目を細める大和から視線を逸らした。頬から彼の手も外して、横を向く。

「どうした？」

「うん……。決意はしたけど、それなら私はなにをすればいいんだろうと思って」

生活費は大和がすべて出してくれている。働かずとも生きていけるが、プラプラと遊んで過ごせる性分ではないのでアルバイトは続けるつもりだ。

けれども、それだけでは心が満たされない。

「生活の中に正義がないと、抜け殻になりそう……」

懸念をボソッと呟くと、大和の男らしい指が葵の顎先にかかった。逸らした顔を戻され、至近距離で見つめられて鼓動が跳ねる。

まるでキスされそうなシチュエーションだが、彼は思考を巡らせているような顔をしていた。

「葵の正義とは、具体的にどういう行為を指すんだ？」

「え？　それは、その、世のため人のために、なにかしたいというか……。自分ができる些細なことでいいんだけど」

大きな正義のもとで職務にあたっている大和に説明するのは気が引ける。

その程度かと思われそうな気がしたが、彼の顔は真剣そのものだ。

「ライターを辞めるのではなく、違うジャンルに挑戦したらどうだ？　読んだ人の心に響くような記事を書く。お前の文章で勇気づけられたり、幸せな気分になれたりするなら、十分に人の役に立っていると思うが」

大和の意見ですぐに頭に浮かんだのは、蕎麦屋で見た安岐村夫妻だ。

有名店ではない普通の蕎麦屋ではあったが、あの夫婦にとって特別な場所だった。

自分の場合は、大和に何度も連れていってもらった寿司屋だろう。

思い出深い店とその人のエピソードを紹介する、そんな記事を書いてみたいと、あの時にふと思った。

ハッとして、途端に目が輝く。

「いいかも。ちょうど書いてみたいものがあったの。お世話になっている出版社の人に聞いてみる」

いらないと言われる可能性も十分にあるが、一回目の記事は自分と大和と寿司屋にしようと考え始めていた。

嬉しくなって、相談に乗ってくれた彼の首に腕を回して抱きついた。

「こんなに早く解決するなんて。大和さん、ありがとう！」

背中に彼の腕も回される。

抱きしめ返されて我に返り、急に恥ずかしさに襲われた。

顔を熱くしていると、耳に安堵の息がかかる。

「一件落着だな。俺の方も、やっと解決だ」

「それって、事件のこと？」

「ああ。今日付けで対策室を解散させた。そのあとは通常業務内での捜査に移行する」

（それって、つまり……）

『この事件を完全に解決させたら、葵のすべてをもらう。覚悟はしておいてくれ』

三週間ほど前の約束が、脳内で再生された。

急激に鼓動が高まって、大和に聞こえてしまうのではないかと心配になる。

けれども首に回した腕を解けない。火を噴きそうなほど熱い顔を見られたら、なにを期待しているのかに気づかれてしまいそうだからだ。

それなのに、大和の方から体を離されそうになって慌てる。

「ダメ。もう少し、このままでいて」

「なぜだ？」

「どうしても。お願い」

(顔の火照りを冷まさないと)

一生懸命に色気のないことを考えようとしているのに、耳元でフッと笑われる。

続く声はいつになく色っぽい。

「悪いが、その願いは聞けないな」

「どうして？」

「言っただろ？　事件解決後に葵のすべてをもらうと。このままでは唇も奪えない」

(えっ!?)

強引に腕を解かれ、頬を両手で挟まれた。

至近距離から見つめてくる大和は、男の顔をしていた。

薄く開いた唇が色気を醸し、葵を映す黒目は蠱惑的《こわくてき》に潤んでいる。

心の準備不足で動悸が加速するが、彼の艶っぽい雰囲気に呑まれてぎゅっと目を閉じた。

「んっ」

唇が触れ合い、柔らかさや質感を確かめるようにすり合わされる。

それだけでもう心臓が壊れそうなのに、葵の唇を割って深くまで味わわれた。

とろけるような快感に包まれて、初めてのキスに夢中になる。

（もっと、もっと……）

その時、オーブントースターが鳴った。

餅が焼けた音で唇が離されると、急にぶり返した恥ずかしさで大和の顔が見られない。

（なにを話せばいいの？）

うつむき加減で目を泳がせる葵に対し、彼はいつも通りだ。

「いい香りだ。雑煮を作ってくれたのか？」

「う、うん。お餅も焼けたところ」

「腹が減っていたんだ。嬉しいな。一緒に食べよう」

（喉を通る気がしないよ。ドキドキしているのは私だけみたい）

食器棚からお椀を出し、トースターの蓋を開けている彼に悔しくなる。

「余裕があっていいね」

つい嫌みを言ってしまうと、手を止めた大和が苦笑した。

「そう見えるならよかった」

「心の中は違うの？」

お椀に入れられた具材と餅に、すまし汁がかけられる。

手早く雑煮を完成させた彼がひと言、淡白な口調で言う。

「聞くな」

その横顔は心なしか赤い。

余裕ではないとわかって嬉しくなり、その背に抱きつくと、「こぼれるだろ」と大和が慌てた。


夜が更けて、日付が変わる頃――。

寝室のベッドの下には、レースのついたピンク色の下着が落ちている。

一糸まとわぬ姿にされた葵は大和に組み敷かれ、どこまでも高まる動悸に耐えていた。

「あっ……」

男らしい指が胸の頂や潤う部分を刺激する。

そのたびに淫《みだ》らな声が漏れ、恥ずかしくて自分の口を押さえたが、手を外されてしまった。

「聞かせてくれ」

「そんなこと言われると、余計に恥ずかしいよ」

文句をぶつけても彼はクックッと笑うだけで手を休めてくれない。

指や舌で全身をくまなく愛されて呼吸を乱した。

(恥ずかしいのに気持ちよくて、なにも考えられなくなりそう)

やがて、葵の中心に向けて侵攻が始まる。

「うっ……」

「あと少しだが、いったん抜くか?」

「大丈夫、続けて」

破瓜の痛みで涙目になっても、愛しい人と繋がりたいと切に思う。

「よく頑張った」

「子供扱いはやめて」

「どこをどう見ても大人だろ。お前の色気にやられてる」

（本当に？）

唇が重なり、ゆっくりとリズムが刻まれる。

「あっ、んっ……！」

たちまち全身が熱くなり、快感の波が押し寄せた。

その波がどんどん高くなるので、溺れてしまいそうだ。

勝手に口からもれる嬌声《きょうせい》を、恥ずかしがっている余裕もない。

身をよじって乱れ、ビクビクと体を震わせ、たまらず叫ぶ。

「待って、これ以上されたらおかしくなっちゃう！」

上限なしに強まる快感が怖くなり、両手でたくましい胸を押したがビクともしない。

息を弾ませる彼が、妖艶な笑みを浮かべた。

「俺はとっくになってる。葵もおかしくなれ」

手首を掴まれ、シーツに縫いつけられた。

その手に体重がのせられ、さらにリズムが速まる。

頭が真っ白になった次の瞬間、十三年分の想いを込めたような声が降ってきた。

「やっと手に入れたんだ。一生、葵を離さない」

（うん。ずっと、ずっと、離さないで……）

カーテンの隙間から差し込む柔らかい日差しで目が覚めた。

（体がだるい。どうしてだろう？）

寝起きは悪くない方なのに、今朝はやけに頭がぼんやりしていた。

窓からドア側へと寝返りを打つと、頬杖をついて横たわる大和と視線が合う。

「葵、おはよう」

肩や腕、大胸筋まで肌をさらしている彼に心臓が波打つ。

葵も毛布の下は裸だ。

昨夜の情事をいっぺんに思い出し、寝ぼけ気分が吹き飛んだ。

「お、おはよ……」

「体は大丈夫か？」

「うん……」

気遣われるのも恥ずかしく、どんな顔をしていいのかわからない。

もじもじしながら自分の体を抱きしめると、ふと指に違和感を覚えて毛布から左手を出した。

「あっ」

薬指にダイヤの指輪がはめられている。

驚いて視線を大和に戻すなり、真顔で言われる。

「結婚しよう」

「えっ……」

付き合いたてなのに、というのが正直な心境だ。

長年の片想いが実っただけで最高に幸せなので、結婚はまだ意識していなかった。

戸惑いながら、早すぎるプロポーズの理由を考える。

「すべてをもらうっていう言葉に、結婚も含まれていたの？」

「ああ」

大和がベッドから身を起こした。

六つに割れた見事な腹筋をさらしてくれて、胸がときめく。

顔を熱くした葵の頭を、大きな手が撫でた。

「早く葵を俺の妻だと言いたい。どんどんきれいになるから、この先、悪い虫が寄ってこないとは言い切れないだろ」

(誰かに取られる心配をしてるの?)

いつも大人な態度で余裕を感じさせる彼が、独占欲を秘めていたとは驚いた。

十分に愛されていると感じていたけれど、それ以上かもしれないと思い、喜びで胸が震える。

「素敵な指輪だね。すごく嬉しい。ありがとう」

ダイヤは値段の想像がつかないほど大粒で、これが似合うと思って選んでくれた大和の気持ちがくすぐったい。

「私も大和さんの妻ですって、早く言いたい」

照れながらそう言うと、急に抱き起こされて膝の上にのせられた。

毛布がずり落ちそうになって慌て、密着する肌が恥ずかしい。

たちまち動悸が加速する中で、男の顔をした大和に唇を奪われた。

息が苦しくなるほど深く口づけられ、やっと唇が離される。

濃厚なキスのせいで潤んだ瞳に、愛しそうに見つめてくる彼が映った。

「葵のウェディングドレス姿が楽しみだな」

背中に温かな手が回され、強く抱きしめられた。

耳元で囁く声は嬉しそうだ。

「早く本物が見たい」

「本物？」

「こっちの話だ。気にするな」

「なにそれ。仕事については聞かないけど、それ以外は——んっ」

口づけられて、文句を最後まで言わせてもらえない。

(ごまかした！　でも、悪くないかも)

とろけるようなキスの甘さで小さな不満は消えてなくなる。

秘密ばかりの彼でも愛されていると実感させてくれるから、安心していられた。

「葵、愛してるよ」

「うん。私も愛してる」

これからの毎日が楽しみで仕方ない。

夫婦となったその先の未来は、幸せの予感しかしなかった。


【終】

特別書き下ろし番外編

愛されているから強くなれる

日増しに暖かくなり、桜の季節になる。

ここは都内の中心部にあるブライダルサロン。

結婚準備は着々と進み、今日は前撮り写真の撮影のために大和と一緒にやってきた。

鏡台のある六畳ほどの支度室に案内され、女性スタッフに手伝ってもらってウェディングドレスに袖を通した。

大和も別室で着替え中である。

一生に一度なので、思いきってレースやフリルが多めの可愛らしいドレスを選んだ。

Aラインのスカートの裾は後ろがやや長めのデザインになっている。

本番の挙式で、チャペルの赤絨毯を歩くのが楽しみだ。

「よくお似合いですよ」

支度が終わり、大きな姿見の前に立たされる。

メイクも結い髪もプロの手で施されたので華やかだ。

ベールをかぶり、純白のドレスに身を包んだ自分にしばし見惚れる。

こんなに女性らしい自分を初めて見たからだ。

(私じゃないみたい)

女性スタッフが笑みを強める。

「とてもおきれいです。ブライダル雑誌の表紙のようですよ」

さすがに褒めすぎでサービストークと受け取り苦笑する。

「ありがとうございます」

「本当におふたりだけのお式でよろしいのですか？　こんなにおきれいなんですから、ご友人だけでも参列していただいたらどうでしょう」

来月に予定しているチャペルでの結婚式は、大和とふたりだけで行う予定でいる。

葵の両親は他界しており、親戚は遠方に住んでいる。祖母の葬儀の時に十年ぶりに会ったが、それっきりで付き合いと言えるほどの関係はない。結婚式に招待する方が迷惑だろう。

大和の両親は健在だが、海外に住んでいて帰国が難しいそうだ。

父親はスウェーデンで日本大使を務め、母親はヨーロッパで活躍するバイオリニスト。先月、テレビ電話で顔を見て挨拶した時に、両親の職業を初めて聞いて驚いた。

両親も大和も気後れするほどの大きな舞台で活躍する人たちだ。

定職にも就いていない自分が結婚相手として認めてもらえるのか不安になったが、喜んでもらえたのでホッとした。

身内の参列が叶わないのは仕方ないという心境だが、友人を招待しないのにも理由がある。

大和の交友関係は警察関係者ばかりで、ひとり呼べばその人より役職が高い人たちにも招待状を出さなければならなくなる。

『一体何人呼べばいいのか。きりがないから俺の方は誰も招待しない』

大和が眉根を寄せてそう言っていて、葵も呼びたい友人が浮かばなかった。

(沢ちゃんは、写真を見てもらうだけにしておこう)

以前、沢に『私に紹介して。警視正の彼、すごく美味しそう』と言われたのを忘れていない。

取られる心配をしているのではなく、沢の仕事のための有益な人脈にされ、大和に迷惑がかかると困るからだ。

「ふたりきりもいいと思うんです。誓いのキスとか、知り合いに見られるのは恥ずかしいので」

照れ笑いしながらスタッフに答えたことも、理由のひとつだ。

「ご新郎様のお支度は終わっています。撮影室にご案内しますね」

支度室を出て、足元に気をつけながら白い廊下をゆっくりと移動する。

撮影室に入ると、奥の絨毯が敷かれた場所に大和が立っていた。

ライトグレーのモーニング姿の彼は、まるで童話から抜け出してきた王子様のよう。

警察官特有の鋭い雰囲気が今はなく、華やかで優雅さを感じさせる彼に心臓が波打った。

（かっこよすぎ。もちろんいつもの大和さんもかっこいいけど、王子様風もいいかも）

歩み寄り、一歩の距離で向かい合う。

大和はわずかに目を見開いて絶句していた。

お互いに言葉をなくして見つめ合っていたが、彼がフッと笑って目を細めた。

「きれいだ。すごく」

「う、うん。ありがとう。大和さんも素敵だよ。なんだか照れるね」

喜びと恥ずかしさで顔に熱が集中する。

へへッと笑ってごまかしたあとは、撮影が始まった。

眩しい照明を浴びながら、少しずつポーズを変えて何枚もシャッターを切られる。

カメラマンの中年男性にノリのいい口調で指示される。

「新婦さん、今の顔すごくいいよ。新郎さん、ちょっと笑ってみようか。君の花嫁姿が眩しいよって感じの笑顔で」

「眩しいのに笑顔……難しいな」

困り顔で独り言ちた大和に吹き出すと、その瞬間もフラッシュをたかれてしまった。

(今の絶対、変な顔なのに)

「いいよー。自然な感じの写真も撮っていこう。あとで見た時に、思い出も蘇るから」

(それならいいかも)

「じゃあ次、お姫様抱っこでいってみよう!」

「えっ⁉」

恥ずかしいポーズはいらないと言おうとしたが、大和に一気に横抱きに抱え上げられた。

驚く葵の目に、自然な笑みを浮かべた美々しい顔が映る。

「いいね。最高に幸せな写真だよ!」

立て続けにフラッシュをたかれても大和は嬉しそうで、葵だけが顔に熱を集中させている。

「さっきは困ってたのに、これは恥ずかしくないの?」

「そうだな。照れてる葵が可愛いから、喜びの方が上回る」

「なにそれ。変なの」

恥ずかしくて憎まれ口しか返せなくても、大和の笑みは崩れない。

それどころか瞳を熱っぽく艶めかせ、額に口づけまでしてきた。

(大和さんが甘すぎる。この幸せ、記念に残しておきたい)

前撮り写真は二、三枚かと思っていたが、分厚いアルバムを一冊埋めるくらい写真を買うことになりそうだ。

四十分ほどで撮影は終わり、少し名残惜しい気持ちでドレスを脱いだ。

春物のニットとストレートパンツという普段着に戻り、ブーケや引き出物が展示された広いスペースでテーブルに着く。

隣は大和で、向かいに担当プランナーの女性が座っている。

出してもらったコーヒーを飲みながら結婚式当日の説明を聞いていると、別の女性スタッフが横を通りかかった。

「あっ」

書類の束を抱えていた彼女の腕から、数枚が抜け落ちて大和の足元に散らばる。

「申し訳ございません」

すかさず手を伸ばして拾い上げた大和だが、なぜか返さず書類に視線を留めている。

どうしたのかと思って横から覗くと、見知らぬカップルの披露宴の招待客名簿だった。

「あの、お客様？」

「招待客が多いですね。この人数が入れる会場はどちらでしょう？」

「セントモーメントホテルの宴会場で――あっ、すみません。他のお客様についてお教えできない立場におりますので」

「失礼しました」

大和が招待客名簿を返すと、そのスタッフが離れていく。

「挙式は来月の予定ですけれど、後日、改めて披露宴をされる方もたまにいらっしゃいますよ」

テーブルの向かいから、担当プランナーににこやかに声をかけられた。

ふたりきりの挙式がいいのだと支度室で話したばかりだが、新郎の方は披露宴の希望もあるのではないかと勘違いしたようだ。

「考えておきます」

ふたりのやり取りを黙って聞いていると、大和と視線が合う。

(なにが気になったの？　名簿の中に捜査対象者がいたの？)

彼の仕事についてなにも聞かないと決めている。

でも、考えていることは伝わったようで、大和が軽く頷いた。

(そっか。でも今は、私たちの結婚式をメインに考えてほしい)

せっかくの幸せ気分が薄れてしまうと思いそっぽを向くと、テーブルにのせていた手に彼の片手がかぶさった。

「来月が楽しみだな。葵のウェディングドレス姿をもう一度見られる」

(ごまかされないよ)

そう思ったけれど、鼓動は正直に高まって頬が熱い。

担当プランナーに微笑ましく見られているのも恥ずかしい。

大和の自宅で暮らし始めて三か月ほどが経ち、最初の頃のように過度に緊張することはなくなった。

心を疲労させずやっと自然体で過ごせるようになったのだが、彼にときめかない日はない。

帰宅できない日は『愛してる』と言うために電話してくれて、二日ぶりに帰ってくれば玄関で抱きしめられた。

他愛ない話をしながらの食事も、不意打ちでされるキスも、ベッドで愛される時も、すべてに温かく胸をときめかせ、大和を愛しく思うのだ。

「結婚式、私も楽しみだよ」

機嫌を直して返事をすると、大和が目を弓なりにした。


翌日は暖かく、青空が広がっている。

時刻はまもなく十五時で、葵は仕事をもらっている出版社で打ち合わせを終えたところだ。

店と食を通じてその人の人生を紹介するという記事が、主婦向けの雑誌の今月号に掲載された。

二か月ほど前に打診した時は案の定というべきか、『うちではそういうのはいらない』と言われてしまったのだが、読むだけでもと書き上げていた原稿を手渡すと使ってもらえた。

それがなかなかいい反響だったそうで、今日は各号でのシリーズにしてくれるという嬉しい話をされた。

四車線の道路に愛車を走らせながらニヤニヤが止まらない。

（最近の私、絶好調じゃない？）

汚職スクープを追い求めていた頃の貧乏暇なしで、おまけに成果もなかった苦しい日々が嘘のようだ。

（大和さんとの結婚を決めてから、いいことばかり続く）

昨日の結婚式の前撮り写真の撮影は楽しかったし、先週は商店街の福引で三等のパスタセットを当てた。

半月ほど前はカレールーのパッケージに書かれていた抽選に応募すると五百ポイントの電子マネーをゲットしたし、先月には財布を拾ったので交番に届けるとすぐに落とし主が現れてコーヒーショップの一杯無料券をお礼にもらった。

運気が上向きになった気がして、朝起きると今日はどんないいことがあるだろうとウキウキする毎日だ。

気分よく風を切りつつ、このあとの予定を考える。

（スーパーマーケットに寄って買い物をして、夕食の支度をするくらい。大和さんが帰ってくるのはまだまだだし……）

時間に余裕があるので寄り道をしようと思い立った。

目についたカフェの手前でウィンカーを上げ、店の横に愛車を止める。

赤レンガ造りの外壁のその店はテラス席があり、上品そうな若い女性のひとり客が優雅にティータイムを楽しんでいた。

この辺りはセレブが住まう地区で落ち着いた雰囲気が漂い、道行く人々の身なりはいい。

そういう人たちを客とするカフェの値段設定は高そうで、以前の葵なら入ろうと思わなかっただろう。

けれども大和が生活費を全額出してくれている今は懐に多少の余裕がある。

たまにはおしゃれな店でコーヒーを飲むのもいいだろう。

(もしかすると、記事のネタも見つかるかもしれない)

中に入るとテーブルとカウンター、合わせて三十ほどの席があり、コーヒーとスイーツのいい香りが漂っている。

真っ白い壁には現代アートが飾られてギャラリーのようで、天井は高く開放的だ。

大きな本棚があって本や雑誌がたくさん並んでおり、長居が許されそうな気がした。

店内は半分ほどの席が埋まっていて、ひとり客が多い。

(落ち着けそうな雰囲気。今度、ここで仕事してみよう)

どこに座ろうかと見回したが、せっかくいい天気なのでテラスに出た。

四人掛けとふたり掛けの木目の丸テーブルが四つあって、外から見た時にいた女性客しか利用していない。

女性の斜め横のふたり掛けテーブル席に着いて気づく。

(風のせいか)

水色の空は気持ちいいが、紙ナプキンが飛ばされそうな程度に風が強い。

テラス席が空いている理由はそれだろう。

(今日は長居しないから、ここでいいや)

女性店員に温かいカフェラテとカップケーキを注文したあとは携帯を出す。

(夕食、なに作ろう)

レシピサイトを眺めているが、なかなか決められない。

(困った時はカレーかな。でも最近、週二でカレーを作ってる。いくら大和さんの好物でも頻度が高すぎかも)

献立が決まらないうちに注文したものが運ばれてきた。

「お待たせしました」

「わぁ、可愛い！」

うさぎのラテアートに笑みがこぼれる。

「お客様をイメージして私が描きました」

可愛い動物にたとえてもらえたのが照れくさい。

「ごゆっくりどうぞ」

(またいいことがあった)

大和が帰宅したらこの話を聞いてもらおうと思い、ラテアートの写真を撮る。

崩すのがもったいなくてそっとカップに口をつけると携帯が鳴った。

「はい、高野です」

ブライダルサロンの担当プランナーからの連絡で、申し訳なさそうに言われる。

『大変な事態が起きてしまいまして――』

来月挙式予定のチャペルで火災があったという知らせだった。

消防隊によってすぐに火が消し止められ、負傷者はいなかったそうだが、建物は修繕しないと使えない状態だという。

半年はかかる見通しで、葵と大和の結婚式には間に合わないという話だった。

「そうなんですか……」

仕方ないが、楽しみにしていたのでがっかりする。

『大変申し訳ございません。近隣のチャペルを急ぎ探してみたのですが、今のところご予定のお日にちで空きはなく――』

予約していたチャペルの営業再開を待つか、日程を少々ずらして他のチャペルにするかという相談をされた。

『慶事ですから、火災があったチャペルはお嫌だとお察しします。お客様のお好みに合いそうなチャペルを数件、ご紹介できたらと思うのですが』

「ありがとうございます。でも大和さんと相談してからでいいでしょうか？」

『もちろんです。加賀見様とご相談されて、他のチャペルにしたいとご希望される場合は、近日中に一度おふたりでご来店いただけないでしょうか？』

それについてもすぐに返事ができない。

「以前、お伝えしたと思うんですけど、大和さんは警察官なので決まった休みがないんです。近日中は無理かもしれません。でもそんなに急がなくて大丈夫ですよ。私たちの結婚式は招待客がいないので、延期で慌てる必要はないです。ゆっくりいきましょう」

『ご配慮いただきありがとうございます。それでは、高野様からのご連絡をお待ちしております』

（いいことばかりは続かないか）

残念だが、いつかは挙式できるからと自分に言い聞かせて落ち込まないようにする。

カフェラテを飲んでひと息つき、今の電話の内容を簡潔にまとめて大和にメッセージを送信した。

まだ手つかずのカップケーキも食べようと思ったその時、テーブルの横に人が立った。店員ではなく、斜め横のテーブル席にいたひとり客の女性だ。

(えっ、なに?)

年齢は三十歳くらいだろうか、焦げ茶色の長い髪は美容室で整えたばかりのようにきれいなウェーブがついていて、メイクはやや濃いめだ。

厚みのある唇が赤みの強いリップで塗られていて迫力がある。

肩掛けしている春物のコートもその下のワンピースも、ヒールの高いパンプスもプロがコーディネートしたように素敵で、ファッションに詳しくない葵でもひと目でわかるハイブランドのロゴがあしらわれていた。

セレブな女性に知り合いはいないのに、彼女の視線はまっすぐに葵に向けられている。なんとなく文句がありそうな顔に見えるのも気になった。

(電話のせい?)

大きな声で話していたわけではないが、気に障ったのかと推測して謝ろうとした。

「すみま――」

「失礼ですが、あなたは加賀見大和さんとお付き合いをされているんですか？」

「えっ、そうですけど……大和さんのお知り合いの方ですか？」

「ええ」

こんな場所で大和の知人に出くわすとは驚いた。

話しかけられたのにも動揺し、失礼がないようにしなければと背筋を伸ばす。

「高野葵と申します。よろしければお座りになりませんか？」

作り笑顔で向かいの席を勧めたが、社交辞令として言ったまでだ。

それなのに「ありがとうございます」と座られ、なぜか挑戦的な目を向けられて戸惑った。

(挨拶だけで終わると思ったのに。どうしよう)

「あの、大和さんのお知り合いということは警察関係の方ですか？」

「父が警察庁で警備局長を務めております。敷島局長とお伝えすればおわかりになるでしょうか？ 私は娘の彩妃香《さきか》です」

「さきいかさん……」

「彩妃香、です」

彼女の眉間に不愉快そうな皺が寄る。

とんちんかんな呼び間違いをしてしまったのは、驚きの中にいるせいだ。

敷島局長と言われても誰なのかわからないが、警察庁の幹部を父に持つ娘なら知っている。

(大和さんのお見合い相手だ)

いや、その言い方は違うかもしれない。一昨年、上官に誘われて食事に行くと、事前に聞かされていなかった娘が同席していたそうだから。

図られたというのが大和の心境だ。会ったのはその一度だけで、結婚願望がないことを上官にはっきりと伝えて断った話も聞いている。

「加賀見さんから、父と私の話をされたことはありませんか?」

「少しだけ、ありますが……」

(なにがしたいの?)

警戒しながら答えると、彩妃香が得意げな顔をした。

「父にいい人がいると言われて、加賀見さんとお会いしたことがあるんです。素敵な方でした。気も合いそうで、私としては結婚を前提にお付き合いしてあげてもいいと思ったんですけど、その時の加賀見さんはまだご結婚を意識されていなかったようなんです。結婚願望はないと父に仰ったそうですから」

（お付き合いしてあげてもいい？　ずいぶんと上から目線）

少し話しただけだが、嫌悪感を覚えた。

大和とは無関係だったとしても、友人にはなりたくないタイプだ。

「はぁ」

適当な相槌《あいづち》を打つと、彩妃香がムッとした顔をする。

しかしそれは一瞬だけで、すぐに強気な笑みを取り戻した。

「高野さんと仰いましたっけ。先ほどのお電話が聞こえてしまってごめんなさい。高野さんは加賀見さんとご結婚予定なんですか？」

「そうです」

「高野さんは、加賀見さんに結婚願望が芽生えたあとに出会われたんですね。私は父に紹介されたタイミングが早すぎたようです。あなたは幸運でしたね」

葵が着ているマウンテンパーカーや持ち物をじろじろと見た彼女が、フッと馬鹿にしたように微笑む。

もう少し遅く出会えていたら、彼は葵ではなく自分を選んだと言いたいのだろうか。

（違うけど）

大和とは十四年前からの長い付き合いだとは教えない。

彩妃香はきっと、大和に断られたのを根に持っているのだろう。葵を見下すことで悔しさを晴らそうとするような人とは、まともに話す気になれなかった。

(嫌みを言ってスッキリしたなら早く自分のテーブルに戻ってくれないかな。カップケーキを食べたいんだけど)

席を立とうとする気配がないので、彼女を気にせず食べ始める。

まずは上にのっている生クリームと苺をフォークで口に運んだ。

(苺が酸っぱいから生クリームがこれくらい甘くてちょうどいい。テイクアウトもできると書いてあったよね。大和さんのお土産に同じものを買って帰ろう)

ふた口目を食べようとすると、「ねぇ」と不愉快そうな声をかけられた。

「私の話を聞いてます?」

「はぁ」

「どうお感じになりました?」

「どうって言われましても」

(フラれて悔しいんだって思っただけだけど)

面倒くささを隠せなくなり、ため息をつくと彼女を怒らせてしまった。

「そういう態度は失礼ですよ。加賀見さんほどの方がどうして高野さんをお選びになったのかさっぱりわかりません」

「わからなくていいです」

「いいえ、よくないわ。あなたを妻にしても加賀見さんになんの得もないどころか、出世に悪影響ですのに」

（悪影響？）

カップケーキに向けていた視線をやっと彼女に戻すと、いくらか機嫌を直したようだ。赤い唇が緩やかに弧を描く。

「高野さんはきっと警察組織に疎いでしょうから教えて差し上げます。警視庁のトップは警視総監と言います。いずれは加賀見さんがその座に就くと噂されているそうですが、このままでは危ういですよ」

縦社会の警察組織で昇進したければ、上官に推薦してもらわなければならない。彩妃香を袖にしたことで敷島局長から嫌われ、このままではトップまで上れないと彼女がしたり顔で言った。

（なんだ。その話か）

カップケーキをフォークでちまちま食べるのも面倒になって、手づかみで頬張った。

嫌悪感を表情に出している彩妃香に、クリームのついた口で問う。

「私になにをしてほしいんですか？　はっきり言ってください」

「察しが悪いようですね。それでは遠慮なく言わせてもらいます。加賀見さんがお好きなら、彼の出世を邪魔しないために身を引いてください」

非難の視線を向けても、彼女は少しも動じない。

それどころか、自分が優位な立場にいると言いたげに笑みを強める。

葵が身を引いたなら、大和が求婚してくるとでも思っているのだろうか。

（すごい自信。自己肯定感が高くて、ある意味羨ましいかも）

恋も仕事もうまくいかなかった頃の葵は、自分に自信がなかったので彼女に感心した。

とはいっても、今の自分は好きだ。

大和が愛してくれるから、女性としての魅力があると思えるようになった。

（美味しかった）

すべて食べ終え、カフェラテも飲み干してから答える。

「大和さんとの結婚はやめませんが、出世も邪魔しません」

「高野さんの頭では、私の説明が理解できなかったのかしら？」

「理解していないのはあなたの方です。大和さんは天才なので、有無を言わせない実力で警視総監まで上り詰めます。あなたのお父様以外のすべての上官が、大和さんを推薦すると思いますよ」

ぶつけ合っていた視線を先に外したのは彩妃香だった。

声をかけてきてから終始強気だったのに、今は悔しそうにしている。

嫉妬からだと思えば可哀想なので、失礼な発言は許してあげてもいい。

けれども大和との結婚を二度と邪魔されたくないので、策は練らせてもらう。

マウンテンパーカーのポケットからあるものを取り出し、彩妃香に見せた。

怪訝そうにしている彼女に説明する。

「ボイスレコーダーです。私、フリーライターをしているので常に持ち歩いているんです。あなたがその席に座った時にスイッチを入れました」

途端に彼女が焦りだす。

「それを、どうするつもり？」

「どうもしませんよ。あなたが私と大和さんの仲を裂こうとしなければ。もしなにかあれば、録音を大和さんに聞いてもらいます。あなたの人柄がよくわかると思うので」

自己肯定感が高くても、性格の悪さは自覚しているようだ。葵とのやり取りを聞かれたら大和に嫌われると思ったのか、そっぽを向いて唇を噛んでいる。

「なにもしないわよ」

（よかった。嘘ついてごめんね）

ボイスレコーダーは見せただけで、本当は録音していない。

たとえしていたとしても、大和に聞かせようとは思わない。結婚に向けて準備を進める幸せな日々に、自分から水を差すような真似をしたくないからだ。

「私はこれで帰りますね」

リュックを背負って立ち上がり、テラス席をあとにする。

大和の分のカップケーキをひとつ購入し店から出ると、テラスの方から彩妃香の声がした。こちらに背を向けて電話中のようで、声を荒らげている。

「聞いてよ。ついさっき、すごく嫌な女に絡まれたの。上から目線でムカつくことをたくさん言われたわ。最後は脅しまでかけてきて――」

（それって私の台詞なんですけど）

愚痴を聞かされる電話の相手は友人だろうか。

気の毒に思いつつ、愛車を走らせる。

（スーパーマーケットに寄って夕食の食材を――あ、まだ献立を決めていない。どうしよう。やっぱりカレーにしよう。人参をハート型にしたら、大和さんは気づいてくれる？）

愛情を込めたカレーと彼の笑顔を思い浮かべると、たちまち嫌な気分は吹き飛んで笑顔になれた。

それから数時間が経ち、自宅のキッチンには香辛料の香りが広がる。

（美味しい。カレーの腕前、上がってる。市販のルーだけど）

大きめ野菜を入れたビーフカレーを味見して頷いた時、大和が帰宅した。

リビングに入って来た彼に、キッチンから笑顔を向ける。

「おかえり。いいタイミング。ちょうどできたところだよ」

「カレーか」

「またって思った？」

「またカレーで嬉しいと思った。週五でもいい」

「さすがに多すぎだよ」

他愛ない会話と笑い合えるひと時が嬉しい。

彼とのふたり暮らしにすっかり慣れた今は、一緒にいるのが心地よくてひとり時間がほしいとは思わない。

スーツから部屋着に着替えた彼と食卓テーブルに向かい合う。

食事をしながらの話題は結婚式の延期についてだ。

「火災とは気の毒だな」

まずはチャペル側を気遣う彼に感心する。

「修繕費や休業中の補償は火災保険で賄《まかな》えるだろうが、営業を再開しても予約が入るかどうか。縁起が悪いと敬遠されそうだ」

「プランナーさんにも、その理由で他のチャペルを探しますと言われたよ」

「俺は縁起を気にしないが、葵はどうだ？」

「私も気にしない。牧師さん、すごくいい人だったよね。半年ぐらい延びてもあのチャペルがいい」

「決まりだな」

「職場の方は平気？」

公安警察官の大和は秘密を多く抱えている。家族ではない女性と長く一緒に暮らしていいものか、ふと気になったので聞いてみた。

大盛りカレーをペロリと平らげた大和が、サラダに箸を伸ばして言う。

「婚約関係にあるから問題ないが、挙式より先に婚姻届を出しておくか」

(ん？　問題ないのに？)

届けを出した日と挙式の日、結婚記念日をどちらで祝うか迷いそうなので同じにしようとふたりで決めていた。

それを覆す理由がわからず目を瞬かせる。

「なんで？」

「困るのか？」

「ううん、理由が知りたいだけ」

大和が真顔で一拍黙った。

「まずは食べてしまおう。話はそれからだ」

(ごまかした。私に知られたくない事情があるの？)

急に静かになった食卓で、もぐもぐと口を動かしながら考える。

(もしかして)

思い出したくもないが、彩妃香の顔が浮かんだ。

葵がカフェを出た時に彼女は電話をしていたが、相手は父親だったのかもしれない。

怒り任せに葵と大和の結婚を阻止するよう頼み、彼女の父親から大和になにか話があったのではないかと勘繰った。

(なにもしないと言ってたから安心してたのに、父親の権力を使って邪魔する気?)

大和から少し遅れて完食した葵は、食器をキッチンに下げる。

「作ってくれてありがとう。うまかったよ。洗い物は俺がする」

「食洗器が洗ってくれるから大丈夫。それより、さっきの続きを話して」

流し台の前で向かい合い、ごまかされないように強気な視線をぶつけた。

「困ってるなら私にも話して。それは仕事に関係ないでしょ?」

するとと大和が首を傾げた。

「なんの心配をしているんだ?」

「敷島局長から結婚に待ったをかけられたんじゃないの? だからこれ以上、口を挟まれないように婚姻届を早く出したいと……」

(違うの?)

意表を突かれたように両眉を上げた彼を見て、勘繰りが外れていたと気づく。

「届を先にと言ったのは、早く葵を完全に俺のものにしたいからだ。前にも言っただろ。お前に悪い虫がつきそうで心配していると」

プロポーズされた時にそう言われ、照れたのを思い出してまた顔を熱くした。

（それじゃ、彩妃香さんの妨害は心配いらないってこと？）

深読みしすぎだったと反省し、ごまかし笑いをする。

「変なこと言ってごめん。でもそんな理由なら、すぐ教えてくれてもいいのに」

率直な疑問を投げかけると、大和がニッと口角を上げた。

「わっ！」

一気に横抱きにされ、ソファまで運ばれる。

そこに腰を下ろした彼の太ももをまたいで座らされた。

至近距離で見つめ合い、顔に熱が集中する。

彼の瞳は、休日の夜にベッドに入った時と同じ色香を醸していた。

「食べてからと言ったのは」

「う、うん」

「キスがしたくなったからだ。葵を俺のものにしたい。この気持ちを口にすれば、唇を奪わずにいられない。そうなると、途中でやめて食事を続けようとは言えなくなる。食べ終えてからの方が都合がいいだろ？」

思いがけない甘い理由にときめきを加速させた途端に、唇が重なった。

繰り返される深いキスに目が潤み、息が乱れる。

大和のキスは回数を重ねるごとに激しくなり、積年の想いを伝えようとしてくるかのようだ。

(大丈夫だよ。大和さんの気持ち、わかってるから)

息苦しささえ気持ちよく、彼の首に腕を回して夢中になる。

体の芯が火照りだし、すっかりその気になったところでパッと唇を離された。

濡れた唇を親指の腹で拭っている彼は、眉間に皺を寄せている。

「お前はどうなんだ？」

「なにが？」

「なにを隠している？」

「なにも」

「敷島局長から結婚に待ったをかけられたと思ったのはなぜだ？　警備局長の名を知っているのもおかしいだろ。誰に聞いた？」

警察官の顔つきになっている彼に肩を揺らし、目を泳がせる。

「前に大和さんから聞いたんだよ」

「俺は警察庁の上官だとしか言っていない」

逸らした視線をおそるおそる戻すと、彼が心配そうに眉尻を下げていた。

「言わないとダメ？」

「教えてくれ。気になって落ち着かない」

「つまらない話だよ」

「それでも聞きたい」

　幸せに水を差された気分になるので彩妃香の名は出したくなかったが、しぶしぶカフェでの一件を打ち明ける。

　驚いていた大和は、身を引くように言われた話をすると途端に険しい顔つきになった。

　口を開こうとしているが、それを遮って続ける。

「心配しないで。大和さんなら実力でトップを取ると言っておいた。二度と邪魔されないように脅しもかけておいたし、大丈夫」

　録音したふりをして彩妃香に諦めさせた話をすると、大和が目を見張った。

「葵は案外、強いんだな」

「知らなかったの？　大和さんとの幸せのためなら強くなれる。あの人だけじゃなく、誰が相手でも負けないよ」

　虚勢ではなく、心からそう思っている。

強気な笑みを浮かべると、目を細めた彼に抱きしめられた。

「俺のために闘ってくれたんだな。ありがとう。不安にさせてすまなかった」

「それは違うよ。少しも不安じゃなかった。大和さんに愛されているのは私だから。なにがあっても私を離さないでしょ？」

頼もしい腕に包まれながら、自分の発言にツッコミを入れる。

（私もすごい自信。彩妃香さんのこと言えないかも）

フッと笑う大和の声が耳にかかり、くすぐったい。

「その通りだ。葵を愛してる。なにが起ころうとも手放さない」

「うん。よくわかってる。大和さんは？」

「ん？」

「私の愛情も、大和さんに伝わってる？」

彼を安心させられているだろうかとふと心配になり、聞いてみた。

するとソファに優しく押し倒された。

たちまち鼓動を高まらせると、彼がクスリとする。

「ああ。カレーの人参、ハート形だったしな」

「気づいてたんだ」

「俺のだけすべてハートになっていればわかるだろ」

吹き出して笑い合っていたが、大和の瞳が艶めいて蠱惑的な色が灯った。

見つめてくれる瞳も、頬に触れる大きな手も、重なる唇も、彼のすべてが愛しくて胸が震える。

何十年先もこの気持ちは絶対に色あせない。

大和もきっと同じ気持ちでいてくれると信じている。

「んっ……大和さん、愛してる」

「俺はもっとだ」

ときめきを膨らませ、安心して身をゆだねる。

心は雲ひとつない青空のようで、幸せだけが限りなく広がっていた。


【終】

あとがき

文庫をお手に取ってくださいました皆様に厚くお礼申し上げます。

十歳年上警視正との恋はいかがでしたでしょうか？

既刊作では出会ってすぐ結婚という話が続いていたので、今作は長いつき合いのふたりを書いてみました。

兄妹のような関係を崩すのが怖いけど、ひとりの女性として意識してほしい――強気に振る舞いながらもドキドキしたり、連絡がなくて落ち込んだり、恋する葵の葛藤が皆さまに伝わることを願っております。

葵について私がすごいと思ったのは、十年以上想いを胸に秘めていたことです。

私が葵なら、子供の頃に告白して大和にアッサリとフラれていそうな気がします。

大和はなかなか鈍感男でしたね。カーテンの相談を下着だと勘違いして焦り、井坂につっこまれるくだりは書いていて楽しかったです。

沢にはヘタレと言われ、藪にはコラージュ写真を作られ、天才警視正なのに恋愛で皆にいじられている大和の人間性が私は好きです。

縞森美菜恵についてですが、もし同じ名前の方がいらっしゃいましたらすみません。いつも悪役キャラを書く時に名前をどうしようか迷います。いそうにないキラキラネームにすると作品の雰囲気がおかしくなりそうなので今作では美菜恵にさせていただきました。

もうひとつ明かすと、最初は菜美恵にしていました。でも懐かしの平成ソングを聞きながら家事をしていた時に、今は引退された有名アーティストとひらがな読みでは同じ名前だと気づきまして、私も若い頃はファンだったので、ごめんなさい！という気持ちで変更しました。

最後になりましたが、文庫化にご尽力いただいた関係者様、書店様に深くお礼申し上げます。

表紙を描いてくださったもちあんこ様、エリート警視正の雰囲気が漂う大和が眼福です。葵もとても可愛いです。素敵な表紙絵をありがとうございました。

文庫読者様、ウェブサイト読者様には、平身低頭で感謝を！

またいつか、ベリーズ文庫で、皆様にお会いできますように。

藍里《あいさと》まめ

藍里まめ先生への
ファンレターのあて先

〒104-0031
東京都中央区京橋1-3-1
八重洲口大栄ビル7F
スターツ出版株式会社　書籍編集部　気付

藍里まめ先生

本書へのご意見をお聞かせください

お買い上げいただき、ありがとうございます。
今後の編集の参考にさせていただきますので、
アンケートにお答えいただければ幸いです。

下記URLまたは二次元コードから
アンケートページへお入りください。
https://www.ozmall.co.jp/enquete/IndexTalkappi.aspx?id=2301

冷血硬派な公安警察の庇護欲が
激愛に変わるとき
〜燃え上がる熱情に抗えない〜

2025年2月10日　初版第1刷発行

著　者　藍里まめ

発行人　菊地修一
デザイン　hive & co.,ltd.
校　正　株式会社鷗来堂
発行所　スターツ出版株式会社
〒104-0031
東京都中央区京橋1-3-1　八重洲口大栄ビル7F
TEL　03-6202-0386（出版マーケティンググループ）
TEL　050-5538-5679（書店様向けご注文専用ダイヤル）
URL　https://starts-pub.jp/
印刷所　大日本印刷株式会社

Printed in Japan

ISBN 978-4-8137-1701-0　C0193

ベリーズ文庫 2025年2月発売

『一匹狼なパイロットの溺愛に生真面目CAは気づかない～偽装結婚で天才機長は加速する恋情を放つ～』若菜《わかな》モモ・著

大手航空会社に勤める生真面目ＣＡ・七海にとって天才パイロット・透真は印象最悪の存在。しかしなぜか彼は甘く強引に距離を縮めてくる！　ひょんなことから一日だけ恋人役を演じるはずが、なぜか偽装結婚する羽目に!?　どんなに熱い溺愛で透真に迫られても、ド真面目な七海は偽装のためだと疑わず…!?

ISBN 978-4-8137-1697-6／定価825円（本体750円＋税10%）

『ハイスペ年下救命医は強がりママを一途に追いかけ手放さない』砂川雨路《すながわあめみち》・著

OLの月子は、大学の後輩で救命医の和馬と再会する。過去に惹かれ合っていた2人は急接近！　しかし、和馬の父が交際を反対し、彼の仕事にも影響が出ることを知った月子は別れを告げる。その後妊娠が発覚し、ひとりで産み育てていたところに和馬が現れて…。娘ごと包み愛される極上シークレットベビー！

ISBN 978-4-8137-1698-3／定価814円（本体740円＋税10%）

『冷酷社長な旦那様が「君のためなら死ねる」と言い出しました～ヤンデレ御曹司の激重愛～』葉月《はづき》りゅう・著

調理師の秋華は平凡女子だけど、実は大企業の御曹司の桐人が旦那様。彼にたっぷり愛される幸せな結婚生活を送っていたけれど、ある日彼が内に秘めていた"秘密"を知ってしまい――！　「死ぬまで君を愛すことが俺にとっての幸せ」溺愛が急加速する桐人は、ヤンデレ気質あり!?　甘い執着愛に囲われて…！

ISBN 978-4-8137-1699-0／定価825円（本体750円＋税10%）

『鉄仮面の自衛官ドクターは男嫌いの契約妻にだけ激甘になる【自衛官シリーズ】』晴日青《はるひあお》・著

元看護師の律。4年前男性に襲われかけ男性が苦手になり辞職。だが、その時助けてくれた冷徹医師・悠生と偶然再会する。彼には安心できる律に、悠生が苦手克服の手伝いを申し出る。代わりに、望まない見合いを避けたい悠生と結婚することに!?　愛なきはずが、悠生は律を甘く包みこむ。予期せぬ溺愛に律も堪らず…！

ISBN 978-4-8137-1700-3／定価814円（本体740円＋税10%）

『冷血硬派な公安警察の庇護欲が激愛に変わるとき～燃え上がる熱情に抗えない～』藍里《あいさと》まめ・著

何事も猪突猛進！な頑張り屋の葵は、学生の頃に父の仕事の関係で知り合った十歳年上の警視正・大和を慕い恋していた。ある日、某事件の捜査のため大和が葵の家で暮らすことに!?　"妹"としてしか見られていないはずが、クールな大和の瞳に熱が灯って…！　「一人の男として愛してる」予想外の溺愛に息もつけず…！

ISBN 978-4-8137-1701-0／定価836円（本体760円＋税10%）

ベリーズ文庫 2025年2月発売

『極上スパダリと溺愛婚～女嫌いCEO・敏腕外科医・カリスマ社長編～【ベリーズ文庫溺愛アンソロジー】』

人気作家がお届けする〈極甘な結婚〉をテーマにした溺愛アンソロジー第2弾！　「滝井みらん×初恋の御曹司との政略結婚」、「きたみ まゆ×婚約破棄から始まる敏腕社長の一途愛」、「木登×エリートドクターとの契約婚」の3作を収録。スパダリに身も心も蕩けるほどに愛される、極上の溺愛ストーリー！

ISBN 978-4-8137-1702-7／定価814円（本体740円＋税10%）

『追放された恥さらし王女が闇落ち中の悪魔騎士（実は最強王太子）をうっかり救ったら～奇跡の加護持ちだったうえ、妃として溺愛されてます～』朧月《おぼろづき》あき・著

精霊なしで生まれたティアのあだ名は“恥さらし王女”。ある日妹に嵌められ罪人として国を追われることに！　助けてくれたのは“悪魔騎士”と呼ばれ恐れられるドラーク。黒魔術にかけられた彼をうっかり救ったティアを待っていたのは――実は魔法大国の王太子だった彼の婚約者として溺愛される毎日で⁉

ISBN 978-4-8137-1703-4／定価814円（本体740円＋税10%）

ベリーズ文庫with 2025年2月発売

『おひとり様が、おとなり様に恋をして。』佐倉《さくら》伊織《いおり》・著

おひとりさま暮らしを満喫する28歳の万里子。ふらりと出かけたコンビニの帰りに鍵を落とし困っていたところを隣人の沖に助けられる。話をするうち、彼は祖母を救ってくれた恩人であることが判明。偶然の再会に驚くふたり。その日を境に、長年恋から遠ざかっていた万里子の日常は淡く色づき始めて…⁉

ISBN 978-4-8137-1704-1／定価825円（本体750円＋税10%）

『恋より仕事と決めたけど』宝月《ほうづき》なごみ・著

会社員の志都は、恋は諦め自分の人生を謳歌しようと仕事に邁進する毎日。しかし志都が最も苦手な人たらしの爽やかイケメン・昴矢とご近所に。その上、職場でも急接近⁉　強がりな志都だけど、甘やかし上手な昴矢にタジタジ。恋まであと一歩⁉と思いきや、不意打ちのキス直後、なぜか「ごめん」と言われてしまい…。

ISBN 978-4-8137-1705-8／定価814円（本体740円＋税10%）

ベリーズ文庫 2025年3月発売予定

Now Printing

『たとえすべてを忘れても』 滝井《たきい》みらん・著

令嬢である葵は同窓会で4年ぶりに大企業の御曹司・京介と再会。ライバルのような関係で素直になれずにいたけれど、実は長年片思いしていた。やはり自分ではダメだと諦め、葵は家業のため見合いに臨む。すると、「彼女は俺のだ」と京介が現れ⁉　強引にニセの婚約者にさせられると、溺愛の日々が始まり⁉

ISBN 978-4-8137-1711-9／予価814円（本体740円＋税10%）

Now Printing

『タイトル未定(航空自衛官×シークレットベビー)【自衛官シリーズ】』 惣領莉沙《そうりょうりさ》・著

美月はある日、学生時代の元カレで航空自衛官の碧人と再会し一夜を共にする。その後美月は海外で働く予定が、直前で彼との子の妊娠が発覚！　彼に迷惑をかけまいと地方でひとり産み育てていた。しかし、美月の職場に碧人が訪れ、息子の存在まで知られてしまう。碧人は溺愛でふたりを包み込んでいき…！

ISBN978-4-8137-1712-6／予価814円（本体740円＋税10%）

Now Printing

『両片思いの夫婦は、今日も今日とてお互いが愛おしすぎる』 高田《たかだ》ちさき・著

お人好しなカフェ店員の美与は、旅先で敏腕脳外科医・築に出会う。不愛想だけど頼りになる彼に惹かれていたが、ある日愛なき契約結婚を打診され…。失恋はショックだけどそばにいられるなら――と妻になった美与。片想いの新婚生活が始まるはずが、実は築は求婚した時から滾る溺愛を内に秘めていて…⁉

ISBN 978-4-8137-1713-3／予価814円（本体740円＋税10%）

Now Printing

『タイトル未定(外交官×三つ子ベビー)』 吉澤紗矢《よしざわさや》・著

イギリスで園芸を学ぶ麻衣子は、友人のパーティーで外交官・裕斗と出会う。大人な彼と甘く熱い交際に発展。幸せ絶頂にいたが、ある政治家とのトラブルに巻き込まれ、やむなく裕斗の前から去ることに…。数年後、三つ子を育てていたら裕斗の姿が！　「必ず取り戻すと決めていた」一途な情熱愛に捕まって…！

ISBN 978-4-8137-1714-0／予価814円（本体740円＋税10%）

Now Printing

『冷徹な御曹司に助けてもらう代わりに契約結婚』 美甘《みあま》うさぎ・著

父の借金返済のため1日中働き詰めな美鈴。ある日、取り立て屋に絡まれたところを助けてくれたのは峯島財閥の御曹司・斗真だった。美鈴の事情を知った彼は突然、借金の肩代わりと引き換えに"3つの条件アリ"な結婚提案してきて⁉　ただの契約関係のはずが、斗真の視線は次第に甘い熱を帯びていき…！

ISBN 978-4-8137-1715-7／予価814円（本体740円＋税10%）

タイトル、価格等は変更になることがございますのでご了承ください。

ベリーズ文庫 2025年3月発売予定

Now Printing

『花咲くように微笑んで(救命医×三角関係)』 葉月《はづき》まい・著

司書の菜乃花。ある日、先輩の結婚式に出席するが、同じ卓にいた冷徹救命医・颯真と引き出物袋を取り違えて帰宅してしまう。後日落ち合い、以来交流を深めてゆく二人。しかし、颯真の同僚である小児科医・三浦も菜乃花に接近してきて…！「もう待てない」クールなはずの颯真の瞳には熱が灯って…！

ISBN 978-4-8137-1716-4／予価814円（本体740円＋税10%）

ベリーズ文庫with 2025年3月発売予定

Now Printing

『アフターレイン』 西《にし》ナナヲ・著

会社員の栞は突然人事部の極秘プロジェクトに異動が決まる。それは「人斬り」と呼ばれる、社員へ次々とクビ宣告する仕事で…。心身共に疲弊する中、社内で出会ったのは物静かな年下男子・春。ある事に困っていた彼と、栞は一緒に暮らし始める。春の存在は栞の癒しとなり、次第に大切な存在になっていき…。

ISBN 978-4-8137-1717-1／予価814円（本体740円＋税10%）

Now Printing

『この恋、温めなおしますか?～鉄仮面ドクターの愛は不器用で重い～』 一《いち》ノ《の》瀬《せ》千《ち》景《かげ》・著

アラサーの環は過去の失恋のせいで恋愛に踏み出せない超こじらせ女子。そんなトラウマを植え付けた元凶・高史郎と10年ぶりにまさかの再会!?　医者として働く彼は昔と変わらず偏屈な朴念仁。二度と会いたくないほどだったのに、彼のさりげない優しさや不意打ちの甘い態度に調子が狂わされてばかりで…！

ISBN 978-4-8137-1718-8／予価814円（本体740円＋税10%）

タイトル、価格等は変更になることがございますのでご了承ください。

ベリーズ文庫 with

2025年2月新創刊!

Concept

「恋はもっと、すぐそばに。」

大人になるほど、恋愛って難しい。

憧れだけで恋はできないし、人には言えない悩みもある。

でも、なんでもない日常に“恋に落ちるきっかけ”が紛れていたら…心がキュンとしませんか?

もっと、すぐそばにある恋を『ベリーズ文庫with』がお届けします。


大賞作品はスターツ出版より書籍化!!

第7回 ベリーズカフェ恋愛小説大賞 開催中

応募期間:24年12月18日(水)〜25年5月23日(金)

詳細はこちら▶ コンテスト特設サイト

毎月10日発売

創刊ラインナップ

「おひとり様が、おとなり様に恋をして。」

佐倉伊織・著 ／ 欧坂ハル・絵

後輩との関係に悩むズボラなアラサーヒロインと、お隣のイケメンヒーロー
ベランダ越しに距離が縮まっていくピュアラブストーリー!

「恋より仕事と決めたけど」

宝月なごみ・著 ／大橋キッカ・絵

甘えベタの強がりキャリアウーマンとエリートな先輩のオフィスラブ!

苦手だった人気者の先輩と仕事でもプライベートでも急接近!?